中國語言文字研究輯刊

十 八 編

許 學 仁 主編

第 4 冊

漢代簡帛經方字詞集釋（下）

胡 娟 著

花木蘭文化事業有限公司

國家圖書館出版品預行編目資料

漢代簡帛經方字詞集釋（下）／胡娟 著　　初版 -- 新北市：
花木蘭文化事業有限公司，2020〔民 109〕
目 6+134 面；21×29.7 公分
（中國語言文字研究輯刊 十八編；第 4 冊）
ISBN 978-986-518-020-1（精裝）
1. 漢代 2. 簡牘文字 3. 帛書 4. 研究考訂
802.08　　　　　　　　　　　　　　　109000437

ISBN-978-986-518-020-1

9 789865 180201

中國語言文字研究輯刊
十八編　　第四冊　　　　ISBN：978-986-518-020-1

漢代簡帛經方字詞集釋（下）

作　　者	胡娟
主　　編	許學仁
總 編 輯	杜潔祥
副總編輯	楊嘉樂
編　　輯	許郁翎、張雅淋　美術編輯　陳逸婷
出　　版	花木蘭文化事業有限公司
發 行 人	高小娟
聯絡地址	235 新北市中和區中安街七二號十三樓
	電話：02-2923-1455／傳眞：02-2923-1452
網　　址	http://www.huamulan.tw 信箱 hml810518@gmail.com
印　　刷	普羅文化出版廣告事業
初　　版	2020 年 3 月
全書字數	312900 字
定　　價	十八編 8 冊（精裝）台幣 25,000 元

漢代簡帛經方字詞集釋（下）

胡娟 著

目

次

下　冊

卷三　虛詞集釋

　　「虛詞」這一名稱早在先秦時期就出現在漢語裡了。《商君書・慎法》云：「彼言說之勢，愚智同學之。士學於言說之人，則民釋實事而誦虛詞。民釋實事而誦虛詞，則力少而非多。」這裡所說的「虛詞」，指的是假、大、空的話。作爲漢語語法體系中的「虛詞」，現在的定義是：沒有完整的詞彙意義，不表示實在的意義，除副詞之外一般不能作句子成分或短語，但有語法意義或功能意義的詞。漢語虛詞包括副詞、介詞、連詞、助詞、嘆詞和擬聲詞六類。

　　傳統語文學將代詞劃歸虛詞類，本書則將其劃歸實詞類。本卷所集釋的全爲漢代簡帛經方文獻中的虛詞，其中包括副詞、介詞和連詞，凡七條。

財

　　一，令金傷毋（無）痛方：取鼺鼠，乾而冶；取彘（彘）魚，燔而冶┘；長石┘、薪（辛）夷┘、甘草各與【鼺】23/23鼠等，皆合撓，取三指㝡（最－撮）一，入溫酒一音（杯）中而歓（飲）之。不可，財益藥，至不癰（痛）而止。●【令】24/24。（《五・諸傷》十六）

　　本方中的「財」，帛書本注：「財，《荀子・王制》注：『與裁通。』在此義爲適當。財益藥，適當增加藥量。」

　　考注本注：「今考財亦同才，如《漢書・李廣利傳》：『士財有數千。』注：

『財與才同。』聯繫上句，意即：若用三指撮藥量而不能解痛苦的話，才增加藥量。語氣、語意更加通暢明白。」

考釋本逕改釋爲「裁」，並注：「裁——原作『財』。上古音裁與財均從母，之部韻。同音通假。《漢書・司馬遷傳》：『不能引決自財。』顏注：『財與裁同，古通用字。』《通訓定聲》：『《周易・泰》：『財成天地之道。』《經典釋文》卷二：『荀本（財）正作裁。』《荀子・文論》：『財非其類。』同書《王制》『財萬物』。楊注均作：『財，與裁同。』《漢書・賈誼傳》：『惟陛下財幸』。同書《晁錯傳》，又《張世安傳》、又《翼奉傳》及《施丹傳》等篇，顏師古注文中均記以『財與裁通』。《說文解字通正》：『財、材、纔、裁俱通。』又按裁字之義據《爾雅・釋言》：『裁，節也。』《春秋穀梁傳・序》：『公羊辯而裁。』徐注：『裁，謂善能裁斷。』《廣雅・釋言上》：『裁，制也。』《後漢書・馬援傳》：『裁買城西歚地』。李注：『僅也。與纔、財字同。』據此可知本書中的『裁』（財）字均作適當，適量解。」

校釋（壹）本注：「財：同『才』，時間副詞。指療效不明顯時，才增加服藥用量。」

徐莉莉說：「『財益藥，即適量增加用藥。『財』表適足，在漢以前古書中也有類似用例。」〔註1〕

補譯本注：「『財益藥』：本處『財益』聯用，應首解『益』。《說文・皿部》：『益，饒也』。段玉裁注：『益飽，凡有餘曰饒。』益，引申爲增加。『財』在《漢書》中常用，如《漢書・司馬遷傳》：『不能引決自財』等。顏師古均注爲裁，『財（裁）益藥』意即：當用三指撮藥不能解痛時，可以根據情況裁定適當加大藥量。」

校釋本注：「財益藥：適足增加藥量。財，帛書整理小組指出，《荀子・王制》注：『與裁通。』在此義爲適當、適量。周一謀（1988）指出，亦同『才』。徐莉莉（1996）認爲，財指適足。」

按：關於本方「財益藥」的「財」，前人有兩種解釋：一說通「裁」，表示適當、適量義。帛書本持此說，考釋本、徐莉莉、補譯本從其說。一說通「才」，時間副詞。考注本持此說，校釋（壹）本從其說。我們認爲，本方的「財」并

〔註1〕 徐莉莉：《馬王堆漢墓帛書〔肆〕所見稱數法考察》，《古漢語研究》1997 年第 1 期。

非通「裁」或「才」，而是用的本字。

「才」甲骨文作　、　，金文作　，象草木破土而出之形，本義爲草木初生。《說文・才部》：「才，艸木之初也。从丨上貫一，將生枝葉。一，地也。」（六上）宋徐鉉等注引南唐徐鍇曰：「上一，初生歧枝也；下一，地也。」草木破土而出，象徵超強的能力，引申爲才質、才能、才智、有才能的人等。又因草木初生，再引申爲剛剛或祇有在某種條件下（祇有）、或因爲某種原因（因爲）等然後纔怎樣。

「纔」上古音屬山母談部，《廣韻・銜韻》所銜切，今音 shān，本義爲黑裡帶紅的顏色。《說文・糸部》：「纔，帛雀頭色。一曰微黑色如紺。纔，淺也。讀若讒。从糸毚聲。」（十三上）清段玉裁注：「《〔周禮・〕巾車》『雀飾』〔鄭玄〕注曰：『雀，黑多赤少色。』玉裁按：今目驗雀頭色，赤而微黑。」清桂馥義証：「『一曰微黑色如紺。纔，淺也』，言淺於紺也。」但表示「雀頭色的帛」之「纔」古今文獻均爲例證。

又「纔」上古音屬從母之部，《廣韻・咍韻》昨哉切，今音 cái，用作副詞，與副詞「才」合流，均表示「剛剛」或祇有在某種條件下（祇有）、或因爲某種原因（因爲）等然後纔怎麼樣。

雖然「纔」和「才」在古今文獻中都有副詞的用法，但是，「纔」作副詞用產生於漢代，而「才」則產生於魏晉時期。《漢語大字典》引「才」最早的副詞用例是《晉書・謝安傳》：「（謝混）才小富貴，便豫人家事。」〔註2〕由此可知，「纔」作副詞用要比「才」早兩百餘年。而清王筠《說文句讀》則說：「凡始義，《說文》作『才』，亦借『材、財、裁』，今人借『纔』。」其說不實。因此，前人說漢代簡帛經方文獻中的「纔」通「裁」或「才」均未安。

在漢代文獻中，「財」作副詞用的語料甚多。《史記・孝文本紀》：「（文帝曰：）太僕見馬遺財足，餘皆以給傳置。」唐司馬貞索隱：「遺猶留也。財，古字與『纔』同。言太僕見在之馬，今留纔足充事而已也。」〔註3〕《漢書・李廣蘇建傳》：「初，上遣貳師大軍出，財令（李）陵爲助兵。及陵與單于相

〔註2〕見《漢語大字典》第 8 頁，四川辭書出版社、湖北崇文書局 2010 年版。

〔註3〕〔漢〕司馬遷撰，〔南朝宋〕裴駰集解，〔唐〕司馬貞索隱、張守節正義：《史記》423 頁，中華書局 1982 年第 2 版。

值，而貳師功少。上以（司馬）遷誣罔，欲沮貳師，爲陵遊說，下遷腐刑。」
唐顏師古注：「財，與『纔』同，謂淺也，僅也。」

在《五十二病方》中「財」做作副詞用表示兩種意思：一是表示「適當」
或「適量」。如《五十二病方‧傷痙》第二治方：「以水財煮李實。」二是表示
在某種條件下、或因爲某種原因（目的）然後纔怎麼樣。本方的「財」則表示
在某種條件下、或因爲某種原因（目的）然後纔怎麼樣。「不可，財益藥」，意
爲：服藥後，如果傷痛仍未緩解，纔增加藥量。

婁

一，巢塞直（膣）者，殺狗，取其脬，以冒籥，入直（膣）中，炊
（吹）之，引出，徐以刀【剝（剝）】去其巢」。冶黃黔（芩）而婁（屢）
傅 275/262 之」。 276/263（《五‧牝痔》七）

本方中的「婁」，帛書本釋爲「婁（屢）」，但無注釋。校釋（壹）本、校釋
本、集成本釋文從帛書本，也無注釋。

考釋本逕改釋爲「屢」，並注：「屢（lǚ，旅）——原作婁。婁與屢上古音
均來母，侯部韻。同音通假。屢義爲多次。《玉篇‧尸部》：『數也。』」

補譯本注：「婁（lǚ 旅）：《說文》：『婁，空也，……中空之意也〔註4〕』。
又《玉篇》：『數也。』本方屢指割去巢的傷口，藥勤用黃芩敷在傷口上。」

按：「婁」上古音屬來母侯部，《廣韻‧侯韻》落侯切，今音 lóu，本義爲
正在編織竹簍，後世寫作「簍」。鍾如雄先生說：「『婁』象兩手編織竹簍之形，
是『簍』的初文。」〔註5〕引申爲屢次、多次，變讀爲 lǚ，後世寫作「屢」。《說
文‧女部》「婁」清段玉裁注：「婁之義又爲數也……俗乃加『尸』旁爲『屢』
字。古有『婁』而無『屢』也。」段氏所辨甚是。《集韻‧遇韻》：「屢，或作
婁。龍遇切。」《詩經‧周頌‧桓》：「綏萬邦，婁豐年。」毛傳：「婁，亟也。」
唐孔穎達等正義：「武王誅紂之後，安此萬邦，使無兵寇之害；數有豐年，無

〔註4〕 「中空之意也」，今大徐本《說文》作「空之意也」。補譯本衍「中」字。見〔漢〕
　　　許愼撰、〔宋〕徐鉉等校定《說文解字》第 264 頁，中華書局 1963 年版。
〔註5〕 參看鍾如雄《釋「婁」》，見《苦粒齋漢學論叢》第 367 頁，中國社會科學出版社
　　　2013 年版。

飢荒之憂。」

本方之「婁」，帛書書寫者用的是本字、引申義，不存在「婁」通「屢」的問題，應按帛書原文釋讀，不當改字。考釋本「同音通假」之說不確，但其釋義正確。補譯本說爲「中空之意」，失審。「冶黃黔（芩）而婁傅之」，意爲：冶製黃芩藥粉反覆塗抹牝痔創面。

簍簍

一，炙蠶卵，令簍=（簍簍）黃，冶之，三指㝵（最－撮）至節，人〈入〉半音（杯）酒中歓（飲）之，三⌐、四日。216/203《五·腸積（癩）》六）

本方中的「簍簍」，帛書本注：「簍簍，假借爲數數、速速。」集成本注釋從帛書本。

考注本注：「簍簍：帛書整理小組認爲：簍簍，假借爲數數、速速。按：簍簍當是形容黃的程度，即焦黃焦黃之意。應爲當時之習慣用語。」

校釋（壹）本注：「簍簍：假借爲『數數』『速速』。古方有用蠶卵燒灰或炒焦，飲服治療小便澀痛或崩中不止的記載，而未見治癩疝者。」

考釋本注：「簍簍——假借爲『數數』。簍與數上古音均侯部韻。簍爲來母，數爲山母。『數數』義爲迅速、頻繁。《莊子·逍遙遊》：『未數數然也。』《經典釋文》卷二十六引司馬注：『數數，猶汲汲也。』同上，又引崔注：『數數，猶迫促意也。』《法苑珠林》：『有婆羅門佛數數到其家乞食。』李白《贈武十七諤詩序》：『潛約江海，不數數於世間事。』」

補譯本注：「簍（lǒu）《玉篇》：『簍，車弓籠也』。車弓籠爲竹製，即如竹黃色。」

校釋本注：「令簍簍黃：讓烘烤的蠶卵迅速變黃。簍簍，速速。《爾雅·釋詁下》：『數，疾也。』」

按：本方中的「簍簍」，前人有三種解釋：帛書本說通「數數、速速」，表示迅速義。校釋（壹）本、考釋本、校釋本、集成本從其說。考注本說通「數數、速速」，但表示「焦黃焦黃之意」。補譯本則說讀如字，表示「如竹黃色」。

「簍」上古音屬來母侯部，《廣韻·厚韻》郎斗切，今音 lǒu，本義爲竹籠。

《方言》卷十三：「簍，籅也。籅小者，南楚謂之簍。」《說文·竹部》：「簍，竹籠也。从竹婁聲。」（五上）《急就篇》：「樅、簞、箕、帚、筐、篋、簍。」唐顏師古注：「簍者，疏目之籠，亦言其孔樓樓然也。」據顏師古所言，「簍」因「其孔樓樓然」，故名之曰「疏目之籠」。「簍」單言表示空疏義，而時間之「空疏」或事物變化的遲緩即爲慢。由此可知，本方之「簍」當讀本音。重言「簍簍」表示事物變化的遲緩，即「漸漸」，並非表示快、迅速。在本方中特指燒烤蠶卵時，讓它漸漸變黃，而不是讓它迅速變黃。蠶卵本來很小，火急很容易烤糊。帛書本說「假借爲數數、速速」，未安；補注本說「車弓籠爲竹製，即如竹黃色」，也未得其解。

俞

此藥巳（已）成，居唯十【餘】歲到【□】歲，俞（逾）良。 126／126 （《五·白處》二）

本方中的「俞」，帛書本釋爲「俞（逾）」，並注：「逾良，更有療效。」集成本注同帛書本。

考注本注：「俞（逾）良：指療效更好。」

校釋（壹）本改釋爲「俞（愈）」，並注：「愈良：指療效更好。」補譯本從其釋，但無注釋。

考釋本注：「逾良——逾原作『俞』。逾與俞上古音均餘母，侯部韻。同音通假。《說文·塗〔註6〕部》：『逾，進也。』段注：『有所超越而進也。』這裡有進一步，更加之義。『逾良』，即效果更好。」

校釋本注：「逾良：療效越好。」

按：今細看集成本新圖版，「俞」帛書原文本寫作「𠆤」，帛書本釋爲「俞（逾）」，考注本、考釋本、校釋本、集成本釋文從帛書本，校釋（壹）本改釋爲「俞（愈）」，均失當，應按帛書原文釋爲「俞」。

「俞」金文作𠆤，本義爲將圓木掏空做成船，今四川涼山州瀘沽湖的「豬槽船」即其形制。《說文·舟部》：「俞，空中木爲舟也。从亼从舟从巜。巜，

―――――――――

〔註6〕此「塗」應爲「辵」字之誤。

水也。」（八下）清段玉裁注：「空中木者，舟之始……合三字會意。」清程鴻詔《復李炳奎先輩論說文俞字書》：「空中木爲舟，即中空木爲舟也。」《玉篇・舟部》：「俞，弋朱切。空木爲舟也。又姓。」圓木掏空做成船，比圓木更能載人水行，故引申爲勝過。後世也寫作「愈」。《集韻・遇韻》：「愈，勝也。通作俞。」《墨子・耕柱》：「我毋俞於人乎？」清孫詒讓閒詁：「《荀子・榮辱》篇楊注云：『俞，讀爲愈。』……《太平御覽》引作『愈』。」再引申爲副詞「更加」。《國語・越語下》：「辭俞卑，禮俞尊。」《四部備要》本作「愈」。《漢書・食貨志上》：「德澤加於萬民，民俞勤農。」

　　「愈」的本義爲病情好轉。《玉篇・心部》：「愈，余主切。差也。」《孟子・公孫丑下》：「今病小愈，趨造於朝，我不識能至否乎？」引申爲痊愈。《史記・匈奴列傳》：「匈奴使其貴人至漢，病，漢予藥。欲愈之，不幸而死。」再引申爲賢、勝過。《廣雅・釋言》：「愈，賢也。」《玉篇・心部》：「愈，又勝也。孔子謂子貢曰：『汝與回也孰愈？』」《論語・公冶長》：「子謂子貢曰：『女與回也孰愈？』」魏何晏集解引孔氏曰：「愈，勝也。」再引申爲副詞「更加」。《小爾雅・廣詁》：「愈，益也。」《詩經・小雅・小明》：「曷云其還，政事愈蹙。」漢鄭玄箋：「愈，猶益也。」

　　「俞」「愈」雖本義不同，但「愈」從「俞」得聲，且二字在「勝過」「更加」義上構成同義關係。後人或以爲「更加」爲「愈」所獨有，故凡見表示「更加」義的「俞」時，都說它通「愈」。這樣處理甚爲不妥。

　　本方書寫者遵循漢代用字習慣，寫作「俞」而不寫作「愈」，釋文當遵從原文，切勿隨意改字。「俞良」指「（藥效）更好」。

以

　　【諸傷：□□】膏┘、甘草各二，桂┘、畺（薑）┘、椒【┘】、朱（茱）【萸】□【□□□□□□□□□□□□□□□□□□□】₁/₁【□□】毀一垸（丸）音（杯）酒中，歓（飲）之，日壹歓（飲），以□其⧄₂/₂（《五・諸傷》一）

　　本方中的「以」，帛書本如是釋，但無注釋。繼後多家注本從其釋，也無注釋。

按：「以」前人無注。今細看集成本新圖版，《五十二病方》中的「以」都草書作「ᵛ（叺）」，而《武威漢代醫簡》中也間或寫作「叺」。我們認爲，釋文應遵從原文，不當改字。

「以」甲骨文作 ㇄、㇄，金文作 ㇄，象耕地的農具，意爲用農具耕地，隸變爲「目」「以」，本義爲泛指使用。《說文・巳部》：「目，用也。从反巳。賈侍中說：已，意已實也。象形。」（十四下）清邵瑛羣經正字：「《詩・何人斯》釋文：目，古文以字。《漢書》『以』皆作『目』。張謙中曰：『目，秦刻作以。』《說文》不加人字。」《玉篇・人部》：「以，余止切。用也。與也。爲也。古作目。」又《巳部》：「目，余始切。意也。用也。今作以。」《正字通・巳部》：「目，以本字。」《尚書・梓材》：「以厥庶民。」僞孔安國傳：「言當用其眾人之賢者與其小臣之良者。」唐孔穎達等正義：「以，用也。」漢曹操《鶡雞賦序》：「今人目鶡爲冠，象此也。」

「以」在《五十二病方》《武威漢代醫簡》等簡帛經方文獻中多用作介詞。注意：《漢語大字典》未收「叺」字，當據漢代簡帛文獻補。

其

乾騷（瘙）方⌐：以雄黃二兩，水銀兩少半⌐，頭脂一升，冶【雄】黃，靡（磨）水銀手【□□□□□□□】418/408 雄黃，孰（熟）撓之。先孰（熟）泃（洗）騷（瘙）以湯，潰其灌，撫以布，令毋（無）汁而傅之，一夜一☒419/409（《五・乾騷（瘙）》一）

本方中的「潰其灌」，帛書本、考注本、集成本均無注釋。
考釋本注：「本句『潰其灌』的意義即：沖洗其糜爛面。」
補譯本注：「『潰其灌』：用熱湯澆著洗。」
校釋本注：「潰其灌：待疥癬表皮潰破後再用水沖洗。」
按：「潰其灌」中的「其」，各注本均未說明其詞性和用法。從考釋本的釋詞「沖洗其糜爛面」看，注者似乎將它看作代詞了。我們認爲，本句中的「其」是個連詞，表示順接關係，與連詞「而」用法相同。裴學海《古書虛字集釋》卷五：「『其』猶『而』也。『其』訓『而』，『而』亦訓『其』。互見『而』字條。《戰國策・魏策一》：『楚雖有富大之名，其實空虛。』《史記・

張儀傳》『其』作『而』。《賈子・耳痹篇》:『天之處高其聽卑。』《淮南子・道應篇》『其』作『而』。《孟子・公孫丑篇》:『舍我其誰?』《論衡・刺孟篇》引『其』作『而』。」〔註7〕

本方中的「潰其灌」,即「潰而灌」,指疥瘙潰爛後則用水清洗,(然後再用布擦乾)。

由

一,以辛巳日,由曰:「賁(噴),辛巳日」,三」;曰:「天神下干疾,神女倚序聽神吾(語)」。某狐父非其處所。巳(已)。不 ₂₁₇/₂₀₄ 巳(已),斧斬若。」即操布戈之二七。₂₁₈/₂₀₅ (《五・腸積(癩)》七)

本方中的「由」,帛書本釋爲「古(辜)」,並注:「古,讀爲辜、䰧。《漢書・地理志》雲陽有『越巫䰧鄽祠』,注:『孟康曰:䰧:音辜礫之辜,越人祠也。』䰧禳是巫人禳災的祭祀。」校釋(壹)本注同帛書本。

考注本注:「古:帛書整理小組認爲:古,讀爲辜、䰧,《漢書・地理志》雲陽有『越巫䰧鄽祠』,注:『孟康曰:䰧:音辜礫之辜,越人祠也。』』䰧禳是巫人禳災的祭祀。可參。」

考釋本改釋「古(辜)」爲「祝」,並注:「祝——原作『古』。祝與古上古音均見母。魚部韻。同音通假。『祝曰』二字與【原文一百三十一】『祝曰』均指誦祝由詞。」

補譯本注:「古:《五十二病方》釋辜。古,故的假借,《爾雅・釋詁下》:『古,故也』;《字彙・口部》:『古,遠代也。』此處轉釋爲傳統習俗,故曰:下文爲祝由詞。」

李家浩說:「『由』與『古』的字形十分相似,區別僅僅在於『由』字的橫畫比『古』字短,所以秦漢簡帛『由』多訛誤作『古』字形。上引(1)、(2)中所謂的『古』,顯然是『由』字的訛體,應該改釋爲『由』。看來漢時期,『由』不僅作爲合體字的偏旁與『古』混淆,就是作爲獨本字也與『古』混淆。」〔註8〕校釋本從帛書本和李家浩說。

〔註7〕 裴學海:《古書虛字集釋》第 382~383 頁,中華書局 1954 年版。

〔註8〕 參看李家浩《馬王堆漢墓帛書祝由方中的「由」》,見《河北大學學報》(哲社版)

集成本改釋爲「由」，並注：「由，原釋文作『古』，此從李家浩（2005）釋。原注：古，讀爲辜、祜。《漢書‧地理志》雲陽有『越巫祜鄜祠』，注：『孟康曰：祜：音辜磔之辜，越人祠也。』祜禳是巫人禳災的祭祀。今按：李家浩（2005）認爲所謂『古』應該釋爲祝由之『由』，是詛咒之意。此說當是。」

按：本方中的「由」，前人有三種解釋：帛書本釋爲「古（辜）」，認爲當「讀爲辜、祜」，即「巫人禳災的祭祀」；考釋本認爲「古」當通「祝」，「指誦祝由詞」；補注本認爲當通「故」；李家浩先生說「古」爲「由」字之誤，當爲「祝由」之「由」。

今細看集成本新圖版，帛書「古」的字形很清晰。從古人書寫規律看，歷代傳世文獻中很難見到「古」與「由」混用的現象。我們認爲應是「故」的記音字，補譯本認爲當通「故」，甚是。李家浩說「古」當爲「祝由」之「由」，其說不可從，因爲在《五十二病方》乃至漢代簡帛經方文獻的祝由方中，「祝由」有單說「祝」的，但絕無單說「由」的。「祝由」的「由」是個名詞，表示病因，不能用作動詞。〔註9〕

本方的「古」應讀爲「故」，順接連詞，表示因此、所以。「古」通「故」在上古銘文、石鼓文中多用。《盂鼎》：「惟殷邊厌田雩，殷正百辟率肆于酒，古喪師。」《石鼓文‧而師》：「嗣王始振，古我來口。」郭沫若注：「古讀爲故。楊樹達《積微居讀書記》：「假古爲故。」

2005 年第 1 期。

〔註9〕 參看石琳、胡娟、鍾如雄《從漢代醫簡看祝由術的禳病法》，見《雲南師範大學學報》（哲社版）2016 年 4 期。

卷四　短語集釋

漢語的「短語」又叫「詞組」，指由在句法、語義和語用三個層面上能夠搭配組合起來的、大於詞、沒有句調的語法單位。短語加上句調可以構成句子。本卷所集釋的爲漢代簡帛經方文獻中的短語，凡十二條。

涓涓以痹

一，氣䖒（疽）始發，涓＝（涓涓）以痹，如□狀，扣䆳（摩）□而【□□】䖒（疽），楅（楅－薑）、桂、椒□，居四苦【□□□□□□□】306／292+299 二果（顆），令諮叔（菽）□鏊（熬）可【□】，以酒沃，即浚【□□】淳酒半斗，煮，令成三升，【□□□□□□□】307／293+300 出而止。308／294（《五・䖒（疽）病》十一）

本方中的「涓涓以痹」，帛書本：「涓涓，即員員。《素問・刺熱》：『其逆則頭痛員員。』王冰注：『員員，似急也。』馬蒔注：『員員，靡定也。』張志聰注：『員員，周轉也。』《靈樞・厥病》：『貞貞頭重而痛。』貞貞係員員之誤。《甲乙經》卷九正作員員。」集成本注同帛書本。

考注本注：「涓涓：涓，通瘨（yùn）。瘨，《說文》：『病也。』桂注：『頭眩痛也。』按：俗呼頭旋曰頭暈。瘨、暈聲近，字宜作瘨。痹：疑爲病字之別字。又，帛書整理小組認爲：『涓涓，即員員。《素問・刺熱》：『其逆則頭痛

員員。』王冰注：『員員，似急也。』張志聰注：『員員，周轉也。』馬蒔注：『員員，靡定也。』亦可參。」

校釋（壹）本注：「湨湨：通員員，疼痛急迫。以：通似。疞：歷代字書未見此字，此字當與『迸』音義相類，有裂開的之意，爲疼痛欲裂之狀。腦爍症出現的消腦情況，即頭腦痛急迫如被銷毀分裂，與本句義同。」

考釋本逕改釋「湨」爲「員」，並注：「員員——原作湨湨。員與湨上古音均匣母，文部韻。同音通假。『湨湨』即『員員』。《素問·刺熱論》：『其逆則頭痛員員。』王冰注：『員員，似急也。』張志聰注：『員員，周轉也。』馬蒔注：『員員，靡定也。』張介賓注：『員員，靡定貌。』（《內經》卷十五）。據此可知『員員』二字有急性發作和發作無定時之義。」校釋本注同考釋本。

補譯本注：「湨：水波貌，《廣韻·軫韻》：『湨，瀺湨，波相次也。』湨湨，水波紋相次不斷。疞，從并從疒。古無此字，疑爲并，并：《說文》：『并，相從也。』指病態的相從。在此加強了水波紋的相次波動。《素問·生氣通天論》：『故病久則傳化，上下不并，良醫弗爲』。王冰注：『並謂氣交通也』。『湨湨以疞』形容氣疽的局部皮膚下用指觸之可有氣體的波動感。現代醫學證明：梭狀芽胞桿菌導致氣性壞疽，病灶局部糖類分解，產生大量氣體，臨床表現：傷口周圍皮下，常捫及撚發音，甚至輕壓局部便有氣泡從傷口逸出，可能正是『撫摩 之 而 產氣』（試補）的原因。」

按：本方中的「湨湨以疞」，前人有多種解釋。

第一，帛書本說「湨」通「員」，「員員」表示急速。考釋本說「湨，通瘨」，即頭眩痛。補譯本說「湨」讀如字，「湨湨」表示「水波紋相次不斷」，在本方則表示「氣疽的局部皮膚下用指觸之可有氣體的波動感」。

第二，「以」，校釋（壹）本說「以通似」。

第三，「疞」，考注本說「疑爲病字之別字」；補譯本說「疑爲並」字，指「病態的相從」。

我們認爲，本方之「湨湨」並非與「員員」同音通假，而是個重言詞，表示狀態。「湨」在古代可以和「瀺」組成複音詞「湨瀺」或「瀺湨」，形容水波的漣漪狀態。《廣韻·軫韻》：「湨，瀺湨，波相次也。」《集韻·準韻》：「湨，湨瀺，水波兒。」《文選·郭璞〈江賦〉》：「溭淢瀺湨，龍鱗結絡。」唐李善注：「溭淢瀺湨，參差相次也。」本方則用重言的形式來形容氣疽初發

時呈現的狀態，即大大小小、密密麻麻的，一個緊挨著一個。

　　本方之「疿」爲「庌」字的譌體。在《五十二病方》《武威漢代醫簡》等漢代簡帛經方文獻中，草書時「广」旁與「疒」旁通常混用，沒有嚴格區分。「庌」本義爲隱蔽的地方。《說文·广部》：「庌，蔽也。从广并聲。」（九下）清段玉裁注：「此與《尸部》之『屏』義同，而所謂各異，此字从『广』，謂屋之隱蔽者也。」《六書故·工事一》：「庌，門間庌蔽者，所謂塞門也。」漢張衡《思玄賦》：「坐太陰之庌室兮，慨含唏而增愁。」

　　本方的「庌」表示氣疽尙處於「不常腫熱脹大」階段，暗藏在皮膚裡，所以下文則說衹有「扣靡（摩）」纔能發現。「涓涓以疿」，意爲：（氣疽始發的時候）大大小小、密密麻麻的，一個緊挨著一個，暗藏在皮膚裡。

抒浚

　　一，傷而頸（痙）者⌉，以水財煮李實，疾沸而抒，浚取其汁，寒和，以歆（飲）病者，歆（飲）以【囗爲】₃₄/₃₄故⌉。₃₄/₃₄（《五·傷痙》二）

　　本方中的「抒，浚」，帛書本：「抒，將水汲出。浚取其汁，濾取藥汁。」成本注釋、句讀同帛書本。

　　考注本注：「疾沸而抒：抒，挹也，即酌取之意。全句意爲煮藥至沸時將藥汁取出。浚取其汁：浚，《說文》：抒也。段注：抒者，挹也，取諸水中也。此處作取講。全句謂濾取藥汁。」

　　校釋（壹）本注：「疾沸而抒：迅速沸騰後就將水排掉。浚取其汁：榨取李實的汁液。」

　　考釋本注：「抒（shù，書）——將水汲出。《一切經音義》卷九引《通俗文》：『汲出謂之抒』。《漢書·劉向列傳》：『一抒愚意。』顏注：『抒，謂引而泄之也。』」

　　補譯本注：「抒，汲出。《說文》『抒，挹也。』汲出謂之抒。《漢書·劉向列傳》：『一抒愚意。』顏師古注：『抒謂引而泄之也。』《五十二病方》44行：『以布捉之，抒其汁。』將捉、抒的意義都講清楚了。『浚（jan）取其汁』：《說文》：『浚，抒也』段玉裁注：『抒者，挹、挹也，取諸水中也』。」

　　校釋本注：「疾沸而抒：當水大沸時將水汲出。疾沸，水大沸。抒，汲出。

《說文‧手部》：『抒，挹也。』浚：挹取、汲出。《說文‧手部》：『抒，挹也』。段玉裁注：『抒者，挹也，取諸水中也。』」

按：第一，「抒」「浚」為同義詞連用。「抒」上古音屬船母魚部，《廣韻‧語韻》神與切，今音 shū，本義為將水舀出。《說文‧手部》：「抒，挹也。从手予聲。」清段玉裁注：「凡挹彼注茲曰抒。」清王筠句讀：「《通俗文》：『汲出謂之抒。』」又：「挹，抒也。从手邑聲。」王筠句讀：「《華嚴經音義》引《珠叢》曰：『凡以器斟酌于水謂之挹。』」《廣韻‧緝韻》：「挹，酌也。」《管子‧禁藏》：「讚燧易火，抒井易水。」引申為發洩、解除、清除等。

「浚」上古音屬心母文部，《廣韻‧稕韻》私閏切，今音 jùn，本義也為將水舀出。《說文‧水部》：「浚，杼也。从水夋聲。」清姚文田、嚴可均校議：「小徐、《韻會》十二震引作『抒』，此作『杼』，誤。」《廣雅‧釋詁二》：「浚，盝也。」清王念孫疏證：「謂漉取之也。」《說文》以「抒」釋「挹」，以「挹」釋「抒」，為互訓；以「抒」釋「浚」「挹」，為同訓。說明「抒」「挹」「浚」為同義詞。

第二，「抒浚」為同義詞，在本方中表示將煮李子的水倒掉，不當分開句讀。[註1] 帛書本、考注本、校釋（壹）本、考釋本、補譯本、校釋本、集成本等均將「抒」連上讀，「浚」連下讀，讀成「疾沸而抒，浚取其汁」，甚為不妥。應讀為：「疾沸而抒浚，取其汁。」意思是說，將李子到進鍋中煮到水完全沸騰時就停火，然後漉去煮水，立即擠出李子肉的汁。

再食洚

一，狂【犬】齧人者，孰（熟）澡湮汲，注音（杯）中，小（少）多如再食洚（漿）。取竈（竈）末灰三指㝡（最－撮）【□□】57/57 水中，以歙（飲）病者。巳（已）歙（飲），令孰（熟）奮兩手如【□】閒毛□道手□□▱58/58 □□狂犬齧者，□□【□】莫傳。59/59 [註2]（《五‧狂犬齧人》二）

〔註1〕 參看胡娟、鍾如雄《漢代簡帛醫書句讀勘誤四則》，見《東亞人文學》第四十五輯，〔韓〕東亞人文學會出版發行，2018 年 12 月。
〔註2〕 集成本將 59/59 從 57/57、58/58 分出獨立為一方。

本方中的「再食浮」，帛書本注：「再食漿，未詳。」集成本注同帛書本。

考注本注：「再食漿，古代的一種食品，不詳爲何物。」

校釋（壹）本注：「再食漿：不詳。疑爲陳倉米經水浸蒸曬後所煮汗漿，陶弘景、李時珍皆說古方中多用之，並以此煮汗煎藥。」

考釋本將「浮」逕改釋爲「漿」，並注：「漿──原作『浮』，乃漿字異寫『漿』字之省。」

補譯本注：「『再食漿』：不詳，存疑。」

校釋本注：「再食漿：指飲兩次漿酒的藥量。漿，古代一種略帶酸味的淡酒。《說文·水部》：『漿，酢漿也。』」

按：本方中的「再食浮」，帛書本、考注本、校釋（壹）本、補譯本、集成本等均說「不詳」，校釋本說指「飲兩次漿酒的藥量」。

我們認爲，本方中「小（少）多如再食浮」這段文字的解釋牽涉到兩個問題：一是應對其中「如」「再」「浮」三個字的正確解釋，二是前人的句讀有誤，需重新句讀。

首先需要梳理的是字義。

本方中的「小多」，是指服用藥量的「多」與「少」。甲骨文「小」作，「少」作，且古今二字多同義通用。《韓非子·飭令》：「朝廷之事，小者不毀。」清王先愼集解：「《商子》『小』作『少』。」《大戴禮記·保氏》：「簡聞小誦。」清俞樾平議：「『小』當作『少』。簡聞者，聞之簡而不詳也；少誦者，誦之少而不多也。古字少、小通用。」

「如」字在古代可表示「平均」「相等」義。《廣雅·釋言》：「如，均也。」清王念孫疏證無注，〔註3〕說明這個意義在漢代文獻中也很少用。《廣雅》的作者張揖是魏人，他那個時代以前的漢語如果沒有這種用法，怎麼會收錄。

本方「小多如」指的是每次服用「渳汲（地漿）」的劑量不管服多服少，應該均等，不能隨便服用。

「再」在古代有「重複」或「繼續」義。《廣雅·釋言》：「仍、重，再也。」《玉篇·冓部》：「再，子代切。兩也；重也；仍也。」「再食」是指繼續服用。

引文中的「浮」字，各注本均如是釋。今細看集成本新圖版，帛書原文本

〔註3〕　見〔清〕王念孫《廣雅疏證》第 155 頁，中華書局 1983 年影印本。

寫作「⿰亻⿱⿱爫今」，應爲「漿」字的省寫（省掉了「爿」），故改釋爲「渼」。

「漿」異體字作「𤕨」，本義爲古代一種微酸的酒類飲料。《說文・水部》：「𤕨，酢𤕨也。从水，將省聲。𣲎，古文𤕨省。」（十一上）清朱駿聲通訓定聲：「𤕨，今隸作漿。」《周禮・天官・酒正》：「辨四飲之物：一曰清，二曰醫，三曰漿，四曰酏。」漢鄭玄注：「漿，今之酨漿也。」清孫詒讓正義：「案：酨、漿同物。纍言之則曰酨漿，蓋亦釀糟爲之，但味微酢耳。」引申爲水。《字彙・水部》：「水亦曰漿。」《山海經・中山經》：「高前之山，其上有水焉，甚寒而清，帝臺之漿也，飲之者不心痛。」「涅汲」就是「地漿」，而「地漿」則爲「地水」。再引申爲飲、喝。《玉篇・水部》：「漿，子羊切。飲也。𣲎，古文。」「再食𤕨」是說「繼續服用地漿」。

其次再看這段文字的句讀。帛書本將其中的「如」既連上「小多」讀，又連下「再食渼」讀，這樣斷句，「如」在句中的意思就不很清楚了。我們認爲「如」應連上讀，其後讀斷。「埶（熟）澡涅汲，注音（杯）中，小（少）多如」，是指初次服用地漿。「再食渼」爲假設句，表示如果病未治好，則需要繼續服用，因此必須連下「取竈（竈）末灰三指冣（最－撮），涅汲 水中，以歈（飲）病者」讀。整句話應讀爲：

狂〖犬〗齧人者，埶（熟）澡涅汲，注音（杯）中，小（少）多如。再食渼（𤕨），取竈（竈）末灰三指冣（最－撮），【□□】水中，以歈（飲）病者。

譯文：「（治療被）狂犬咬傷的病人，不停的攪動地漿，然後舀取倒進杯中，每次服用劑量的多少最好均等。（服藥後，如果病情不見好轉，則）繼續服用。繼續服用時，加三指撮竈末灰，再將（地漿）倒進杯中（攪勻），讓病者服下。」

先食食之

恆先食=（食食）之。₂₇₃／₂₆₀（《五・牝痔》五）

本方中的「先食食之」，帛書本注：「先食食之：飯前服藥。」考注本、考釋本注同帛書本。

校釋（壹）本注：「先食食之：在飯前服藥。按本方中烏頭、桂皮皆爲辛燥大熱之品，只宜用於氣虛下陷肛門生痔，伴有氣短倦怠，食少懶言面色㿠白，舌淡苔白，脈虛者。風火燥結型、濕熱蘊結型痔瘡患者忌用。」

補譯本注：「恆先食食之：堅持在飯前服藥。」

校釋本注：「恆先食食之：常在飯前服用。」

集成本注：「先食食之，飯前服藥。」

按：「恆先食食之」，前人都解釋爲「堅持在飯前服藥」或「常在飯前服用」。這種理解似乎有問題。按古代漢語的表達習慣，「恆先食」的「食」是指進食，「食之」的「食」是指服藥，代詞「之」在句中指代「藥丸」，帶有強調的意義，而不是指「食物」。因此，我們認爲：「恆先食食之」，是指「始終要先進食，再服藥丸」，即指進食在前，服藥在後，並非指服藥在前，進食在後。

昏衄

逆氣吞之喉痹吞之摩之心腹恚吞之嗌恚吞之血府恚吞之摩之咽 63 乾摩之齒恚涂之昏衄涂之鼻中生蒐傷涂之亦可吞之 64（《武》簡二）

本方中「昏衄」之「昏」，醫簡本如是釋，並注：「『昏衄』，似即衊衄。《素問·氣厥論》：『傳爲衄衊瞑目。』即鼻竅出血目黑。」

李具雙說：「昏，圖版作「昬」。古籍中，昏與蔑通。《書·牧誓》『昏棄肆祀弗答。』王引之《經義述聞》：『昏，蔑也。』昏衄，即衊衄。《篇海類編》：『衊，鼻出血。』」〔註4〕

注解本注：「昏衄：指鼻竅出血伴見頭暈。」

校釋本從李具雙說，並注：「昏衄：指鼻竅出血伴見目黑、頭痛。李具雙（2002）指出，古籍中『昏』可與『蔑』通。《尚書·牧誓》：『昏棄肆祀弗答。』王引之《經義述聞》：『昏，蔑也。』昏衄，即衊衄。《說文·血部》：『衄，汙血也。』《篇海類編·血部》：『衊，鼻出血。』《素問·氣厥論》：『傳爲衄衊瞑目，故得之氣厥也。』王冰注：『衊，謂（鼻）汙血也。』」

〔註4〕 李具雙：《「膏藥」考》，《中醫文獻雜誌》2002 年第 3 期。

按：本方中的「昏衄」之「昏」，簡文原本寫作「圅」，醫簡本誤釋，故改釋爲「昏」。

「昏」是「昏」的異體字。「昏」甲骨文作圅、圅，本義爲日暮。《說文·日部》：「昏，日冥也。从日，氐省。氐者，下也。一曰民聲。」（七上）清段玉裁注：「字从『氐』省，爲會意，絕非从『民』聲，爲形聲也。蓋隸書淆亂，乃有从『民』作『昏』者。」段氏說甚是，然「昏」卻有寫作「昏」者。《玉篇·日部》：「昏，呼昆切。《說文》曰：『日冥也。』昏，同上。」引申爲目不明。

「衄」上古音屬泥母覺部，《廣韻·屋韻》女六切，今音 nù，本義爲鼻子出血。《說文·血部》：「衄，鼻出血也。从血丑聲。」（五上）《素問·水熱穴論》：「多取井榮，春不鼽衄。」譌字作「衂」「衄」等。《廣韻·屋韻》：「衄，鼻出血。俗作衂。」《正字通·血部》：「衂，本作衄。」《韓非子·說林上》：「夫死者，始死而血，已血而衄，已衄而灰。」清王先謙集解：「故春善病鼽衄。」後世更換「丑」轉形爲形聲字「齈」。《集韻·屋韻》：「衄，或从鼻。」

本方的「昏衄」，指眼睛看不清、鼻子出血，而並非指「鼻竅出血伴見頭暈」，或「鼻竅出血伴見目黑、頭痛」。

溫衣陝坐

一，傷脛（痙）者，擇蠠（蘺）一把，以敦（淳）酒半斗者（煮）潰（沸），歓（飲）之，即溫衣陝（夾）坐四旁，汗出到足，乃【□】。43 / 43（《五·傷痙》五）

本方中的「溫衣陝坐」，校釋（壹）本注：「溫衣：烘熱衣服。此與《金匱要略》『溫覆使汗出』同意。」

考釋本注：「溫衣──『溫』義爲暖。《玉篇·水部》：『溫，漸熱也。』溫衣，保持一定溫度的衣服，如衣中著有棉絮之類。《素問·繆刺論》：『欬者，溫衣飲食。』又：《靈樞·癰疽》：『厚衣坐於釜上。』『厚衣』二字與『溫衣』義同。夾──原作『陝』，形近致譌。《說文·大部》：『夾，持也。』又引伸爲靠近之義。《廣雅·釋詁三》：『夾，近也。』」

校釋本注：「溫衣夾坐四旁：穿上能保持溫度的衣服把身體四周嚴密地包

裹起來。魏啓鵬（1992）認爲：溫衣指烘熱衣服。」

集成本注：「今按：馬繼興（1992）所引《靈樞·癰疽》上下文爲：『……強飲，厚衣坐於釜上，令汗出至足，已』，辭例極爲相似。」

按：本方中的「溫衣陜坐」，前人的釋義存在兩個問題。

第一，「陜坐」之「陜」，帛書本釋爲「陜（夾）」，集成本從其釋；考釋本逕改釋爲「夾」。今細看集成本新圖版，帛書原文本寫作「陜（陜）」。

「陝」與「陜」聲義不同。「陝」上古音屬書母談部，《廣韻·琰韻》失冉切，今音 shǎn，爲古地名，即今河南省陝縣。《說文·𨸏部》：「陝，弘農陝也，故虢國王季之子所封也。从𨸏夾聲。」（十四下）清段玉裁注：「今河南直隸陝州有廢陝縣。」《公羊傳·隱公五年》：「自陝而東者，周公主之；自陝而西者，召公主之。」唐陸德明釋文：「何（休）：『弘農陝縣也。』一曰當作郟，王城郟鄏。」

「陜」上古音屬匣母葉部，《廣韻·洽韻》侯夾切，今音 xiá，本義爲狹窄、狹隘。其異體字有「峽」「狹」等。《說文·𨸏部》：「陜，隘也。从𨸏夾聲。」（十四下）清段玉裁注：「俗作峽、狹。」《玉篇·𨸏部》：「陜，諧夾切。不廣也。亦作狹。」《墨子·備穴》：「連版以穴高下廣陜爲度。」清孫詒讓閒詁：「陜，正；狹，俗。」

「陜」從「夾」得聲。「夾」甲骨文作𡘹，金文作𡙊，林義光《文源》卷六：「象二人相向夾一人之形。」〔註5〕本義爲夾持。《說文·大部》：「夾，持也。从大，俠二人。」（十下）清王筠句讀：「大，受持者也；二人，持之者也。」引申爲輔佐、親近、在左右兩旁、兩旁有物體限制住、從兩邊加力使物體固定等。

本方的「陜」通「夾」。「夾坐」指「溫衣」後的坐姿；「夾坐四旁」即夾緊衣服四角而坐。考釋本說「夾」爲「靠近」，其說不確，

第二，「溫衣」，校釋（壹）本釋爲「烘熱衣服」，考釋本釋爲「保持一定溫度的衣服，如衣中著有棉絮之類」，校釋本釋爲「穿上能保持溫度的衣服」，集成本認爲與「厚衣」辭例極爲相似。我們認爲，以上四說均不確，應爲用厚衣服將病人包裹起來。今西南官話說用厚衣被將人包裹或蓋起來仍叫

〔註5〕 林義光：《文源》第 183 頁，中西書局 2012 年版。

「溫」，如「溫衣裳」「溫鋪蓋」。

所謂「溫衣陝（夾）坐四旁」，意爲：（讓病人）穿著厚厚的衣服將四邊的衣角夾緊坐着。

陽筑

一，以菫一陽（煬）筑（築）封之，即燔鹿角，以弱（溺）歙（飲）之。₉₀/₉₀《五·蚘》四）

本方中的「陽筑」，帛書本釋爲「陽筑（築）」，但無注釋。

考注本注：「陽，生也。《莊子·齊物論》：『莫使復陽也。』築，擣也。《說文》：『築，所以擣也。』全句意取菫菜一束，生擣之以傅傷口。」

校釋（壹）本注：「陽筑：『筑』通『祝』，斷。這裡殆烘乾切碎。」

考釋本注：「陽——疑假爲『杖』。陽與杖上古音均定母，陽部韻。同音通假。杖字義爲執持。《說文》：『杖，持也。』築——原作『筑』。筑與築上古音均端母，覺部韻。同音通假。按，『筑』字今又爲築之簡化字。築字義爲杵，即擣物的棒槌。《楚詞·離世》：『破荊和以繼築』。王注：『築，木杵也。』《史記·黥布列傳》：『身負版築。』集解引李奇：『築，杵也。』《說文句讀》：『所以用以擣者，亦謂之築。』此處的『陽築』係指拿著木杵將藥物（生藥）擣爛。」補譯本注同考釋本。

校釋本注：「陽築，指烘乾切碎。馬繼興（1992）認爲，陽疑借爲『杖』，全句指拿著木杵將藥物擣爛。周一謀（1988）認爲，陽指生，陽築即生擣。」

集成本改釋「陽」爲「煬」，並注：「劉欣（2010：40）：『陽』假爲『煬』，《說文》：『煬，炙燥也。』《廣雅·釋詁》：『煬，曝也。』」

按：本方中的「陽筑」，前人有四種解釋：考注本說「陽，生也」，「築，擣也」，「陽築」即「生擣」；校釋（壹）本說「『筑』通『祝』，斷」，「陽祝」爲「烘乾切碎」；考釋本說「陽疑假爲杖」，「筑與築同音通假」，「杖築」，「係指拿著木杵將藥物（生藥）擣爛」；集成本說「陽」通「煬」，「煬築」，即烘乾擣爛。

「陽」本有陽光義。《詩經·小雅·湛露》：「湛湛露斯，非陽不晞。」毛傳：「陽，日也。」本方的「陽」，表示把草藥放在太陽下曬乾，從字面上完

全講得通，故不必強說它通「煬」或通「杖」。

「筑」本指古代的擊絃樂器，而「築」從「筑」得聲，本義爲築牆。《說文・木部》：「築，擣也。从木筑聲。𥩈，古文。」（六上）後來泛指舂擣。本方之「筑」通「築」，非通「祝」。「陽筑」即「陽築」，意爲曬乾後搗爛。

攺橦

積（癩）│：操柏杵，禹步三，曰：「賁（噴）者一襄胡│，瀆（噴）者二襄胡│，瀆（噴）者三襄胡│。柏杵臼穿一，毋（無）一。□【□】 208/195 獨有三。賁（噴）者橦（撞）若以柏杵七，令某積（癩）毋（無）一。」必令同族抱，令積（癩）者直東鄉（嚮）窓（窗），道外 209/196 攺橦（撞）之。210/196（《五・腸積（癩）》一）

本方中的「攺橦」，帛書本釋「橦」爲「椎」，並注：「攺，逐鬼。」校釋（壹）本注同帛書本。

考注本逕改「橦」爲「椎」，並注：「攺椎之：帛書整理小組認爲：攺，逐鬼。今考攺字疑是敱字，敱（zhú 燭）見《集韻・三燭》，擊鼓之意，作打、擊、敲解。椎，捶擊具，如本條所述的柏杵（木椎）等。敱椎之，意即用木椎敲打疝部。」

考釋本注：「攺（yǐ 以）——驅除鬼邪。《說文・攴部》：『敱攺，大剛卯，以逐鬼魅也。』」〔註6〕

補譯本釋「攺」爲「改」，並注：「改，即改，《說文》：『改，敱攺，大剛卯，以逐鬼彪也。』改椎，敲擊，即驅鬼的動作。」

校釋本注：「攺：讀爲『敂』，義爲敲擊。《說文・攴部》：『敂，擊也。从攴句聲。』帛書整理小組認爲，攺爲逐鬼。『攺椎之』『攺之以椎』，指用木椎敲打疝部。」

集成本改釋「椎」爲「橦（撞）」，並注：「橦，原釋文作『椎』。原釋文斷此句爲『……鄉（嚮）窗道外，攺椎之』。原注：攺，逐鬼。今按：道，由也。攺，《說文・攴部》：『敱攺，大剛卯，以逐鬼彪也。从攴、巳聲。讀若

〔註6〕 「魅」大徐本《說文》作「𩲔」，考釋本引誤。見〔漢〕許愼撰、〔宋〕徐鉉等校定《說文解字》第 69 頁，中華書局 1963 年版。

巳。』此句的意思是，讓癩者的同族抱住癩者，讓癩者面朝東方，面向窗戶站立，行巫術者從外面『妀撞』癩者。第 213 / 200 行云『以鐵椎妀段二七』、第 218 / 205 行云『操布妀之二七』，文例與此相近。」

按：本方中的「妀」，前人有三種解讀：考注本說應爲「敱」，補譯本說應爲「改」，校釋本說應爲「攺」。「橦」前人有兩種釋文：帛書本釋爲「椎」，集成本改「椎」爲「橦」。今細看集成本新圖版，「妀椎」帛書原文寫作「妀橦」，「妀」應爲「敳妀（gāi yǐ）」的簡稱。「橦」應爲「撞」字的書誤。古人用毛筆書寫，「木」旁與「扌」旁常常寫混。如西漢的「楊雄」、西晉的「張揖」，後世多誤寫作「揚雄」或「張楫」。《五十二病方》中的「扌」「木」混用尤多。

《說文・攴部》：「攺，敳改（攺），大剛卯，以逐鬼魅也。從攴巳聲。讀若巳。」（三下）〔註7〕又《殳部》：「敳，敳改（攺），大剛卯也，以逐精鬼。從殳亥聲。」（三下）〔註8〕清段玉裁注：「按：敳從『殳』者，謂其可擊鬼也。」「敳妀（攺）」也寫作「敳段」「敳改」，即「大剛卯」，別稱「射魅」「大堅」，古代用桃木或金玉刻製而成的佩印，佩戴在手臂上以驅逐妖魔鬼怪。《急就篇》：「射魅，辟邪，除羣凶。」唐顏師古注：「射魅，謂大剛卯也。以金玉及桃木刻而爲之。一名敳改，其上有銘，而旁穿孔，繫以彩絲，用繫臂焉，亦所以逐精魅也。」明陶宗儀《輟耕錄》卷二十四：「敳改者，佩印也。以正月卯日作，故謂剛卯，又謂之大堅，以辟邪也。」

名詞「妀」在本方中作「撞」的狀語，表示用大剛卯撞擊患者的癩部。補注本等釋「妀」爲動詞，未安。

瓣材

一，去故般（瘢）：善削瓜壯者，而其瓣材其瓜，【□】其□如兩指□，以靡（磨）般（瘢）令□□之，以□【□】₃₃₀/₃₂₀傅之。乾，有（又）傅之，三而巳（已）。必善齊（齋）戒，毋【□】而巳（已）。₃₃₁/₃₂₁（《五・火闌（爛）者》十四）

〔註7〕見〔漢〕許慎撰、〔宋〕徐鉉等校定《說文解字》第 69 頁，中華書局 1963 年版。

〔註8〕同上，第 66 頁。

本方中的「瓣材」，帛書本注：「瓣，瓜子。」集成本注同帛書本。

考注本注：「而其瓣材其瓜：而，當作『以』。瓣，瓜子，財，通『裁』，即用瓜子將土瓜裁削成小塊。」

校釋（壹）本注：「瓣材其瓜：把去皮的瓜分切成一塊塊。財，通裁。」校釋本注同校釋（壹）本。

考釋本注：「瓣——瓜類的種實，瓜子。《說文・瓜部》：『瓜中實也。』段注：『瓜中之實曰瓣。實中之可食者當曰人。』《說文句讀》引《吳氏本草》：瓜子一名『瓣』。」

補譯本注：「瓣：《說文》：『瓜中實也。』段玉裁注：『瓜中之實曰瓣。』財通裁，『瓣材（裁）其瓜』即瓜子殼將瓜肉剖小。」

按：前人均認爲，本方的「瓣」爲瓜子，「材」通「裁」，「而其瓣材其瓜」，即用瓜子將瓜裁削成小塊。此說難以令人相信。試想，瓜子怎麼能削瓜肉？我們認爲，本方中「瓣」作表示切瓜瓤的樣態。

「瓣」的本義爲瓜子。《爾雅・釋草》：「瓠，棲瓣。」晉郭璞注：「瓠中瓣也。《詩〔經〕》云：『齒如瓠棲。』〔註9〕」清郝懿行義疏：「《說文》：『匏，瓠也。』《詩〔經・邶風・匏有苦葉〕》『匏有苦葉』，〔毛〕傳：『匏謂之瓠。』通作『壺』。《詩〔經・豳風・七月〕》『八月斷壺』，〔毛〕傳：『壺，瓠也。』瓠曰瓠櫨，或作壺盧，亦作瓠蔞，有甘苦二種。」〔註10〕《說文・瓜部》：「瓣，瓜中實。從瓜辡聲。」（七下）清段玉裁注：「瓜中之實曰瓣，實中之可食者當曰人，如桃杏之人。」《廣韻・襉韻》：「瓣，瓜瓠瓣也。」晉傅玄《瓜賦》：「細肌密裹，多瓤少瓣。」引申爲果實或球莖可以分開的小塊兒。如橘瓣、豆瓣、蒜瓣等。

本方的「瓣」放在動詞「材（裁）」前作狀語，表示切瓜瓤的樣態。從下文「如兩指□」看，「瓣裁」應指將瓜瓤切成像兩個手指大小的長條，用以磨瘢。

〔註9〕　「瓠棲」今本《詩經・衛風・碩人》作「瓠犀」。

〔註10〕　〔清〕郝懿行：《爾雅義疏》第 938 頁，上海古籍出版社 1983 年據上海圖書館藏同治四年郝氏家刻本影印。

臥藥

□□□淤方乾當歸二分弓窮二分牡丹二分漏廬二分桂二分蜀椒一分蝱一分凡〔11〕□□皆冶合以淳酒和飲一方寸匕日三飲倍悤者臥藥⬚中⬚當出血久瘀〔12〕（《武》簡一）

本方中「臥藥□當出血久瘀」之「□」，醫簡本補「中」，並注：「簡 12 末文義未盡，疑有脫簡。」

校釋本改補「內」，並注：「內：該字在圖版中模糊不清，整理小組隸作『中』。久瘀：整理小組指出，此處文義未盡，疑有脫簡。」

按：「臥藥□當出血久瘀」一語有兩個問題需要深究：

其一，「□」醫簡本補「中」，校釋本改補「內」，且說「該字在圖版中模糊不清」，此說不確。今細看醫簡本拓片，該字清清楚楚寫著「⬚」，應是個沒有封口的「口」字。

其二，「倍悤（背痛）者臥藥⬚中⬚當出血久瘀」，注解本讀爲：「倍悤者，臥藥⬚中⬚，當出血久瘀。」校釋本讀爲：「倚悤（痛）者臥藥⬚中⬚當出血，久瘀。」我們覺得這樣讀不妥，應讀爲：「倍悤者臥藥，口當出血久瘀。」意爲：背痛的病人躺著服藥，久瘀的血會從（陰莖）口流出。

「臥藥」之「藥」，在本方中特指服藥。「臥藥」是指背痛的患者不宜坐起來服藥，应躺著服，所以「藥」應連「倍悤者」讀；「⬚中⬚」當釋爲「口」，且連下文「當出血」讀，意思是說：（陰莖）口中會流出久瘀的血來。

「血久瘀」即「久瘀（之）血」，古人習慣將定語放在中心語後面，清人稱爲「以大名冠小名」。清俞樾《古書疑義舉例》卷三：「乃古人之文，則有舉大名而合之於小名，使二字成文者。如《禮記》言『魚鮪』，魚其大名，鮪其小名也。《左傳》言『鳥烏』，鳥其大名，烏其小名也。《孟子》言『草芥』，草其大名，芥其小名也。《荀子》言『禽犢』，禽其大名，犢其小名也。皆其例也。」〔註11〕「血久瘀」之「久瘀」，雖然不是「大名」，但從字詞的組合規律上看，相當於「大名」。

〔註11〕見〔清〕俞樾等著《古書疑義舉例五種》第 52 頁，中華書局 1956 年版。

用少

用少：男子用少而清，□【□□□□□□□□□□□□□□□】□雄二之血和完（丸），大如□₁₃₂/₁₃₁棗，以爲後飯⌋，【治】一即□▨₁₃₃/₁₃₂（《養·用少》）

本方中的「用少」，帛書本注：「本條所云少、清，參看《千金要方》卷十九《補腎》。」集成本注同帛書本。

考注本注：「男子用少而清：當指男子性功能減退，精出清冷稀少。《千金要方》卷十九述『五勞』『七傷』有『精清』『精少』之說。」校釋本注同考注本。

校釋（貳）本注：「男子用少而清：當指男子因腎虧虛癆，精液量少，稀薄清冷。《千金方》卷十九載，黃帝問五勞七傷於高陽負，高陽負曰：『一曰精陰衰，二曰精清，三曰精少，……。』」

按：本方中的「用少」，以上各家注均認爲指男子因腎虧虛癆而精液量少，其說未安。當指男子行房時射出的精液偏少，「用」在此特指行房。

在《養生方》中「用」多隱稱房事。如第三十方《▨》：「怒而不大者，據（膚）不至也；大【而不堅者】，筋不至也；堅而不熱者，氣不至也。據（膚）不至【而用】則腄（垂），筋不至而用則避，氣不至而用則隋（惰），是以聖人必參（三）致之。」其中的三個「用」字均指行房一事，故校釋本注：「用：交合。」

「男子用少而清」，意爲：男子行房時射精量偏少而且不稠。注意：《漢語大字典》「用」下未收「特指行房」〔註12〕義，當據《養生方》補。

若胡爲是

一，令尤（疣）者抱禾，令人嘑（呼）曰：「若胡爲是？」應（應）曰：「吾尤（疣）⌋。」置去禾〈禾去〉，勿顧。₁₀₃/₁₀₃（《五·尤》二）

本方中的「爲是」，帛書本注：「若，你。」集成本注同帛書本。

考注本注：「若胡爲是：若，你。全句意爲：你爲什麼這樣做（指抱禾）？」

〔註12〕《漢語大字典》第112～113頁，四川辭書出版社、湖北崇文書局2010年版。

校釋（壹）本注：「若胡爲是：你爲啥這樣？」

考釋本注：「若——你。《國語・吳語》：『其歸若已。』韋注：『若，汝也。』《漢書・高五王傳》：『若生而爲王子。』顏注：『若，亦汝也。』《字通》：『通汝。』胡——爲什麼，怎麼。《詩經・國風・式微》：『胡不歸？』」

補譯本注：「若：古代詞：你。《莊子・齊物論》：『然則我與若與人俱不能相知也。』若，即你。胡：《說文》『胡，牛頤垂也』。《漢書・郊祀志上》：『鼎既成，有龍垂胡髯下迎黃帝……』顏師古注：『胡，謂頸下垂肉也。』因此古時，胡亦指贅生之物，與疣一致。」

校釋本注：「若胡爲是：你爲什麼這樣做。若，你。」

按：本方中的「若胡爲是」，前人有兩種解釋：

第一，釋詞的分歧。「胡」，以考釋本爲代表的都認爲是個疑問代詞，「胡爲」相當於「爲什麼」，而補譯本則認爲應該釋爲「頸下垂肉」。

第二，句法分析的分歧。考注本、校釋（壹）本、校釋本等認爲，「胡爲」在句中充當「是」的狀語，翻譯成「你爲什麼這樣做」，補譯本既然把「胡」釋爲「頸下垂肉」，其句子結構分析自然與考注本等不同，但到底怎麼分析，尚未說明。

我們認爲：「若胡爲是」乃是判斷句「若是胡」的賓語前置句。其中的「爲」不是常見的介詞，而是個不多用的代詞，相當於「之」，在句中複指前置賓語「胡」。關於「爲」字的代詞性質，鍾如雄先生指出：「代詞『爲』在先秦古籍中主要見於《莊子》《論語》《孟子》《荀子》《左傳》《戰國策》《晏子春秋》《呂氏春秋》等書。其語法功能主要是作賓語和定語。」且指出：「爲」還具有複指前置賓語的功能。如《戰國策・齊二》：「秦伐周、韓，趙魏不伐，周、韓爲割，韓卻周害也。」其中的「周、韓爲割」，是指趙國、魏國分割周國、韓國的土地。〔註13〕「若胡爲是」中的「是」具有繫詞（或稱判斷詞）的性質。〔註14〕

「若胡爲是」可譯爲：「你是什麼（東西）？」故下文「應曰：『吾尤。』」

〔註13〕 鍾如雄：《從〈山海經〉「爲・M」看「爲」的代詞性質》，見《西南民族大學學報》（哲社版）1992年第2期。

〔註14〕 參看鍾如雄《秦簡〈日書〉中的判斷詞「是」》，見《苦粒齋漢學論叢》第218～221頁，中國社會科學出版社2013年版。

這樣解讀，應該更準確。

滑夏鋌

一，牝痔之有數竅，蟯白徒道出者方：先道（導）以滑夏鋌，令血出。[267/254]（《五・牝痔》三）

本方中的「滑夏鋌」，帛書本注：「夏，楸木。滑夏鋌，應爲潤滑的楸木棒。」集成本注同帛書本。

考注本注：「滑夏鋌：夏通榎、櫃，即楸木。滑夏鋌，爲光滑的楸木棒。」

校釋（壹）本注：「滑夏鋌：讀爲滑榎鋌，即潤滑的梓木棍兒。榎，《本草綱目》說梓之『赤者爲秋』，『楸之小者爲榎』。《神農本草經》稱梓木『主熱，去三蟲。』《肘後方》載『楸枝作煎，頻洗取效』，以治瘻瘡，與本方相似。」

考釋本將「夏鋌」逕改釋爲「榎梃」，並注：「榎（xià 夏）——原作夏。夏與榎上古音均匣母，魚部韻。同音通假。《爾雅・釋木》：『槐小葉曰榎。』郭注：『槐當爲秋。秋細葉者爲榎。』又《爾雅・釋木》：『大而皵，楸。小而皵，榎。』郭注：『老而皮粗皵者爲秋。小而皮粗皵者爲榎。』又《爾雅・釋木》：『梍，山榎。』郭注：『今之山楸。』《說文・木部》：『楸也。』段注：『榎』。《本草綱目・木部》楸條：『釋名：榎，時珍曰：楸葉大而早脫，故謂之楸。榎葉小而早秀，故謂之榎。』據此，可知榎即楸樹之類。梃——原作鋌。梃與鋌上古音均定母，耕部韻。同音通假。《說文解字注箋》引戴侗：『金曰鋌，木曰梃，竹曰筳，皆取其長。』按，梃即棍棒，木杖。《孟子・梁惠王上》：『殺人以梃與刃有以異乎？』趙注：『梃，杖也。』本條的『榎梃』，即用楸木（榎木）製成的木棒。『滑梃』即潤滑的楸木棒。」

補譯本注：「滑夏鋌：滑古通梒，古木名，《玉篇》：『梒，枸梒木，中箭笴。』該木質堅韌，可做箭笴（杆）；夏即榎，木名，即楸樹，《爾雅》：『槐小葉曰榎。大而皵，楸；小而皵，榎』。楸樹木紋細緻，耐濕，可製各種器具。鋌假借挺（ting）進也。《漢書・劉屈氂傳》：『屈氂挺身逃。』又《六書故・地理一》：『鋌，五金鍛爲條僕者』指器物。滑（梒）夏（榎）鋌，即用梒木或者楸木做成的鋌，相當於今之醫用探針。本方在於用鋌導入痔瘻出血，使之結疤癒合，達到治療目的。與頹第十八方用砭刺傷腹股溝治療斜疝的道理

一樣。」

校釋本注：「滑夏鋌：讀爲『滑榎梃』，即光滑的梓木棍。《本草綱目》卷三十五稱梓之『赤者爲秋』，『楸之小者爲榎。』《神農本草經》稱梓木『主熱，去三蟲。』葛洪《肘後方》有『楸枝作煎，頻洗取效』用來治療瘻瘡的記載。」

按：本方中的「滑夏鋌」，前人對此三字都有不同的解釋。

第一，「滑」，帛書本訓爲「潤滑」；補譯本說「滑古通楕，古木名」，「該木質堅韌，可做箭笴（杆）」。

第二，「夏」，帛書本說是「楸木」；考釋本說通「榎」，即楸樹之類。

第三，「鋌」，帛書本讀如字，義爲木棒；考釋本說通「梃」，義爲棍棒、木杖；補譯本說「假借挺」，但又說義爲「鋌」，即「相當於今之醫用探針」。

我們認爲，補譯本說「滑夏」是「楕木或者楸木」「鋌假借挺進」，均不可信。考釋本說通「梃」，義爲棍棒、木杖，不確。「滑夏鋌」即「滑榎鋌」，指光滑的檟木針。

「榎」從「夏」得聲，初文作「檟」，上古音屬見母魚部，《廣韻·馬韻》古疋切，今音 jiǎ，本義爲楸木。《說文·木部》：「檟，楸也。从木賈生。《春秋傳》曰：『樹六檟於蒲圃。』」（六上）清段玉裁注：「《釋木》：『槐小葉曰榎。』郭〔璞〕云：『槐當爲秋。秋細葉者爲榎。』……按：榎者『檟』之或字。《左傳》《孟子》作『檟』。《爾雅》別言之，許渾言之。」《爾雅·釋木》清郝懿行義疏：「秋、檟同物異名。小葉者名檟，即知大葉名楸，今則通名小葉爲楸，大葉如桐葉者爲檟楸矣。」《左傳·襄公二年》：「穆姜使擇美檟，以自爲櫬與頌琴。」或更換聲母「賈」轉形爲「榎」。《爾雅·釋木》：「槐小葉曰榎。大而皵，楸。小而皵，榎。」晉郭璞注：「槐當爲秋。秋細葉者爲榎。老而皮麤皵者爲秋，小而皮麤皵者爲榎。」「皵」也寫作「樕」，《集韻·藥韻》七約切，今音 què，指樹皮粗糙。

「檟」爲「楸」，「楸」爲「梓」。「檟（榎）」爲木名，屬紫薇科落葉喬木。其材質輕軟耐朽，是建築、傢俱、樂器使用的優質木材，皮可入藥。《說文·木部》：「楸，梓也。从木秋聲。」（六上）明李時珍《本草綱目·木之二·楸》：「楸葉大而早脫，故謂之楸；榎葉小而早秀，故謂之榎。唐時立秋日，京師賣楸葉，婦女兒童剪花戴之，取秋意也。《爾雅》云：『葉小而皵，榎；葉大而皵，楸。』皵，音鵲，皮粗也……楸有行列，莖榦直聳可愛，至上垂條如

線，謂之楸線。其木濕時脆、燥則堅，故謂之良材。宜作棋枰，即梓之赤者也。」《莊子・人間世》：「宋有荊氏者，宜楸、柏、桑。」唐陸德明釋文：「崔〔譔〕云：『荊氏之地宜此三木。』」又《說文・木部》：「梓，楸也。从木，宰省聲。榟，或不省。」（六上）《埤雅・釋木》：「梓，舊說椅即是梓，梓即是楸。蓋楸之疏理而白色爲梓，梓實桐皮曰椅。其實兩木大類而小別也。今呼牡丹謂之華王，蓋木莫良於梓。」《山海經・南山經》：「又東四百里，曰虖勺之山，其上多梓枏。」晉郭璞注：「梓，山楸也。」

「鋌」的本義爲銅鐵礦石。《說文・金部》：「鋌，銅鐵樸也。从金廷聲。」（十四上）清段玉裁注：「《石部》曰：『磺，銅鐵樸。』鋌與磺義同音別。」漢桓寬《鹽鐵論・殊路》：「干越之鋌不厲，匹夫賤之。」引申爲矢莖。遠古用石頭磨製成箭矢，矢足插入箭部分或細圓而長，或扁薄而長，故謂之「鋌」。《周禮・考工記・冶氏》：「爲殺矢，刃長寸，圍寸，鋌十之。」漢鄭玄注引鄭司農曰：「鋌，箭足入槀者也。」清孫詒讓正義：「槀，即矢榦。箭足著金，惟見其刃，其莖入榦中不見者謂之鋌也。」再引申爲熔鑄成條塊等形狀的金銀。《六書故・地理一》：「鋌，五金鍛爲條僕者，金曰鋌，木曰梃，竹曰筵，皆取其長。」清錢大昕《十駕齋養新錄》卷十九：「錠，古人稱金銀曰鋌，今用錠字。」本方的「鋌」，特指醫用的木針，相當於現在木製的牙籤，因爲形制與矢莖相似故名。

所謂「先道（導）以滑夏鋌」，意爲：先用光滑的榎針刺破牝痔窟窿，把瘀血引出來。

蕙傷

逆氣吞之喉痹吞之摩之心腹蕙吞之嗌蕙吞之血府蕙吞之摩之咽〔63〕乾摩之齒蕙涂之昏衄涂之鼻中生蕙傷涂之亦可吞之〔64〕（《武》簡二）

本方中「蕙傷」之「蕙」，醫簡本釋爲「蕙」，但無注釋。

注解本釋文從醫簡本，並注：「蕙：指氣血腐敗引起的疾病。」

校釋本改釋爲「惡傷（瘡）」，但無注釋。

按：今細看醫簡本拓片，「蕙」簡文原本寫作「蕙」，顯然是「蕙」字的草書體，應釋爲「蕙」。醫簡本釋爲「蕙」誤，校釋本改釋爲「惡」更無道理。

「傷」本義爲創傷。《說文・人部》：「傷，創也。从人，𥏼省聲。」（八上）《莊子・人世間》：「咶其葉，則口爛而爲傷。」引申爲刺。《方言》卷三：「凡草木刺人，北燕朝鮮之間謂之莍，或謂之壯。」晉郭璞注：「今淮南人亦呼壯，傷也。」本方之「傷」，校釋本改釋爲「傷（瘡）」，也無依據。

「鼻中生蔥傷」，指從鼻子中呼出像蔥一樣刺鼻的氣味，而非「鼻子中生有惡瘡」。

卷五　藥名集釋

本卷所集釋的藥物名詞均爲漢代簡帛經方文獻中的藥物名稱。漢代簡帛經方文獻中的藥名，若按其來源分可爲「處方中所用藥物名」和「祝由方中所用藥物名」兩類；若按性質分，則可分爲「植物類藥名」「動物類藥名」和「礦物類藥名」三類。

植物類藥名爲植物類藥的名稱。傳統中藥學指以植物的部分或全部作爲處方藥的藥名。動物類藥名爲動物類藥的名稱。傳統中藥學將藥用動物所產生的藥物通稱「動物藥」，也包括人類自身。礦物類藥名爲礦物類藥的名稱。傳統中藥學將藥用的無機礦物和有機礦物等所產生的藥物通稱「礦物藥」。三類藥物中都包括製劑「丹、丸、膏、散」等。

漢代簡帛經方文獻中所用的藥名種類繁多，其中多數見於後世的中醫藥典，僅有極少數祇見於漢代簡帛經方文獻。但是，無論是見於後世中醫藥典中的藥名，還是祇見於漢代簡帛經方文獻中的藥名，前輩學者均作過解釋或考釋，有的祇是認識或有分歧。而造成認識分歧的原因主要有三：一是對生僻藥物的認識產生分歧，二是對常見藥物治病原理的認識產生分歧，三是對未知藥物的認識產生分歧。

本卷所集釋的藥物類名詞不是漢代簡帛經方文獻中所有的藥名，祇是其中極少部分。大體可分爲三個類：或爲前人注釋錯誤者，或爲前人注釋分歧較大者，或爲前人存疑待考者。對前人注釋相同或分歧較小者暫不集釋。

　　本卷所集釋的藥物名詞按「植物類藥物名詞」「動物類藥物名詞」和「礦物類藥物名詞」分類。其中集釋植物類藥物名詞二十八條，動物類藥物名詞十條，礦物類藥物名詞三條，凡四十一條。

隱夫木

　　一，女子瘻，煮隱夫木，歓（飲）之。₂₀₁/₁₈₈ **（《五·瘻病》二十五）**

　　本方中的「隱夫木」，帛書本注：「隱夫木，藥名，不祥。」

　　孫啓明說：「考《漢書·司馬相如傳·上林賦》有『隱夫薁棣』之句。疑《五十二病方》中的『隱夫木』，即《漢書·司馬相如傳》之『隱夫』。經查唐·顏師古注：『隱夫，未詳。薁，即今之郁李也。棣，今之山櫻桃。』然據《上林賦》『隱夫薁棣』句之上下文有『樗棗、楊梅，櫻桃、蒲萄，隱夫、薁棣，荅遝、離支』四句，每句各列二種果木名。據此類推，則隱夫、薁棣，亦爲果木名……試觀隱夫之『夫』，按木類而論，當即『扶』。『扶』疑『扶栘』，隱與栘，音亦近。則隱夫即栘扶。栘扶，扶栘之顛倒也。《爾雅·釋木》：『唐棣，栘也。』郭璞注：『似白楊，江東呼爲夫栘。』是『夫』即『扶』之證。隱夫亦爲隱扶。棣有唐棣、常棣之分。李時珍區分唐棣爲扶栘，常棣爲郁李。據此可爲『隱夫』與『薁棣』作解。隱夫——扶栘——唐棣。薁棣——郁李——常棣。隱夫、薁棣——唐棣、常棣，乃屬一類也。隱夫爲扶栘、唐棣，推之，則隱夫木亦可爲扶栘木、唐棣木。唐棣，本草用其皮入藥，名扶栘皮，正與隱夫木略合。隱夫木，《五十二病方》治女子瘻；扶栘皮，《集簡方》治婦人白崩，皆女子下元之病，義相近耳。」〔註1〕

　　考注本注：「隱夫木：當爲藥名，未祥。」

　　校釋（壹）本注：「隱夫木：司馬相如《上林賦》載『櫻桃蒲陶，隱夫薁棣。』張揖曰：『隱夫，未詳。』據所臚列，當爲果類。疑隱夫即榅桲，隱榅同音，夫讀爲桲。《日華子本草》稱其『除煩渴，治氣』。《開寶本草》稱其『主溫中下氣，消食，除心間醋水』。少數地區亦以代木瓜用，取其除濕痹邪氣，通筋骨，除水腫。」

　　考釋本注：「隱夫木——隱夫，木名。據孫曼之氏引王先謙《漢書補注》卷

〔註1〕孫啓明：《〈五十二病方〉膠、隱夫木考》，《中華醫史雜誌》1988 年第 3 期。

五十七的考注。『隱即∣隩」之省文。《說文》：「隩，栝也。」〔註2〕「栝（梧），
隩也。」段注：『隩，與栝互訓。……』蓋隱木即栝木矣。』《尙書‧禹貢》
馬注：『栝，白栝也。』《文選‧西京賦》：『木則樅、栝、椶、柟。』薛注：『栝，
柏葉，松身。』……夫，即枎之省文，木名。《管子‧地員篇》：『五沃之土，
桐、柞、枎、櫄』是也。考之隱與隩均影母，文部韻。隩與栝又爲同源字。
影見鄰紐，文月旁對轉。而栝木也即檜木之別名。栝與檜上古音均見母，月
部韻。《爾雅義疏》『檜』條：『栝、檜聲轉，字通。葉形似柏，故名柏爾。《爾
雅翼》云：『檜，今人謂之圓柏。』按，今檜葉似柏而圓，體榦類松，但無鱗
耳。』據此可知，隱與栝均檜木（圓柏）。至於『夫』字，王先謙以爲：『夫』
即《管子‧地員》中所記：『五沃之土，桐、柞、枎、櫄』中的枎木。但對枎
字未作進一步說明。孫曼之氏則以爲枎與隱、栝應爲一物。但未見佐證。也
有人則以爲枎即杼木，亦即唐棣者。這是根據《爾雅‧釋木》『唐棣，杼。』
郭注：『（杼），似白楊，江東呼夫杼』所作的判斷。故『隱夫木』之稱是否爲
一物（即檜），或二物（即檜與杼）尚待進一步考證。又按，檜木未見古本草
藥用。惟後世則多有用檜葉入藥者。而杼木（唐棣）入藥首載《本草拾遺》
一書，稱其爲『枎杼木皮。』其後《嘉祐本草》等書均收載之（見《證類本
草》卷十四）。」

　　補譯本注：「隱夫木：《五十二病方》：『藥名，不祥。』……存疑待考。」
校釋本：「隱夫木：當爲藥物名，具體所指未祥。」

　　集成本注：「原注：隱夫木，藥名，不祥。今按：隱夫木，張標（1987）、
孫曼之（1990）指出見司馬相如《子虛賦》：『櫻桃蒲陶，隱夫薁棣。』」

　　按：關於「隱夫木」至今有兩種結論：一說「藥名，不祥」「當爲藥名，未
祥」「當爲藥物名，具體所指未祥」。持「存疑待考」的，有帛書本、考注本、
補譯本、校釋本、集成本等。一說爲植物類藥物名，其中分別又有「枎杼木」
說、「榲桲」說和「栝」說等。

　　以上植物類藥物名說的三種解釋，基本上能代表當代學人對「隱夫木」所
指的認識。然我們認爲，無論「枎杼」說、「榲桲」說，還是「檜柏」說，均
未揭示出「隱夫（木）」一詞的眞實含義。我們認爲「隱夫（木）」是西漢時期

〔註2〕　孫曼之：《〈五十二病方〉箋識二則》，《中國醫史雜誌》1990 年第 2 期。

楚方言和蜀方言對「榆」樹的稱呼。

科學研究的基本原則就是以已知求未知。我們已知《五十二病方・癃病》第二十四治方是治療女子淋病的處方，所用的藥物屬植物類。那麼「枎栘」「榅桲」「栝」是否具有治療淋病的功效呢？如果沒有，那麼在植物類藥物中，哪種是治療淋病的特效藥物呢？

「枎栘」單稱「栘」，別稱「唐棣、栘楊、高飛、獨搖」等。明李時珍《本草綱目・木之二・枎栘》：「扶栘（音夫移《拾遺》），〔釋名〕栘楊（《古今注》）、唐棣（《爾雅》）、高飛（崔豹）、獨搖。」李時珍注：「栘乃白楊同類，故得楊名。按：《爾雅》：『唐棣，栘也。』崔豹曰：『栘楊，江東呼為夫移。圓葉，弱蒂，微風則大搖，故名高飛。』又曰獨搖。陸璣以唐棣為郁李者，誤矣。郁李乃常棣，非唐棣也。〔集解〕藏器曰：『扶栘木生江南山谷，樹大十數圍，無風葉動花反而後合。《詩》云『唐棣之華，偏其反而』是也。時珍曰：栘楊與白楊是同類二種，今南人通呼為白楊，故俚人有白楊葉有風掣無風掣之語。其入藥之功，大抵相近。木皮氣味苦，平，有小毒。主治去風血、腳氣、疼痺腕損。瘀血痛不可忍，取白皮火炙，酒浸服之。和五木皮煮湯，捋腳氣，殺瘃蟲風瘙。燒作灰，置酒中，令味正經時不敗。〔發明〕時珍曰：白楊、栘楊皮並雜五木皮煑湯，浸捋損痺諸痛腫。所謂五木者，桑、槐、桃、楮、柳也。並去風和血。」〔註3〕由此可知，「枎栘」並無治療淋病的功效。

「榅桲」別稱「木梨、蠻檀、楔楂、金蘋果」等，薔薇科榅桲屬落葉小喬木。幼枝有絨毛。葉卵形或長圓形，表面暗綠色，背面密被絨毛。花單生枝頂，白色或粉紅色。果實梨形，黃色，有香味。果可入藥。味甘、酸，性溫。有袪濕解暑、舒筋活絡之功效。主治傷暑、嘔吐、腹瀉、消化不良、關節疼痛、腓腸肌痙攣等病症。唐李珣《海藥本草》：「主水瀉，腸虛煩熱，散酒氣，並宜生食。」佚名《日華子諸家本草》云：「除煩渴，治氣。」南唐陳仕良《食性本草》云：「發毒熱，秘大小腸，聚胸中痰，壅澀血脈。」宋劉翰、馬志等編《開寶本草》云：「主溫中下氣，消食，除心間醋水，去臭。」宋蘇頌等編《本草圖經》云：「治胸膈中積食，去醋水，下氣止渴。欲臥啖一

〔註3〕 〔明〕李時珍：《本草綱目》，《欽定四庫全書》子部五醫家類，上海人民出版社、迪志文化出版有限公司 1999 年版。

兩枚而寢，生熟皆宜。」由此可知，「榲桲」亦無治療淋病的功效。

「栝」或稱「檜、檜柏、刺柏」，柏科常綠喬木，幼樹的葉子像針，大樹的葉子像鱗片，雌雄異株，或有同株者，雄花鮮黃色，果實球形，種子三棱形。木材桃紅色，有香氣，可作建築材料。枝葉可入藥。《爾雅·釋木》：「檜，柏葉松身。」《說文·木部》：「檜，柏葉松身。从木會聲。」李時珍《本草綱目·木之一·栢》：「柏葉松身者，檜也。其葉尖硬。亦謂之栝。今人名圓柏，以別側柏者，檜柏也。」由此可知，「檜柏」同樣不具備治療淋病的功效。

古今醫典都未見用「柀栘」「榲桲」「檜柏」治療淋病的記載。那麼，「隱夫（木）」到底是植物類中哪種藥物呢？我們認爲「隱夫」是「榆」，「隱夫木」就是「榆木」。理據有二：

第一，從構詞方法看，「隱夫」是「榆」在方言中的變音詞，即單音詞「榆」緩讀後變成的複音詞。古人說話，有將兩個音節拼合成一個音節說的習慣，也有將一個音節拉長一倍說的習慣。比如單音詞「茨」（或寫作「薋、刺」等），緩讀變成複音詞「蒺藜」。《爾雅·釋草》：「茨，蒺藜。」《詩經·墉風·牆有茨》：「牆有茨，不可埽也。」

又如「筆」，緩讀變成複音詞「不律」。《爾雅·釋器》：「不律謂之筆。」晉郭璞注：「蜀人呼筆爲不律也。」《說文·聿部》：「聿，所以書也。楚謂之聿，吳謂之不律，燕謂之弗。从聿一聲。」（三下）又：「筆，秦謂之筆。从聿从竹。」清王筠釋例卷九：「《聿部》收『筆』字，與『其』在《箕部》正同，蓋皆一字也……不以『筆』爲『聿』之重文者，以音辨之也。經典讀『其』如『姬』如『記』者多有，而『聿』『筆』異讀，故『聿』下云：『楚謂之聿，吳謂之不律，燕謂之弗。』『筆』下云：『秦謂之筆。』其詞相連而及，以見其爲一物，而以『謂之』別其爲不同音也。」〔註4〕清江藩《說經必先通訓詁》云：「《方言》：『楚謂聿，燕謂弗，秦謂筆。』此古音之異也。」〔註5〕

再如「茛」，在古楚方言中緩讀成複音詞「盧茹」（也寫作「蘆茹、藘茹」）。《五十二病方·牡痔》第一治方：「茛者，荊名曰盧茹。其葉可亨（烹）而酸，其莖有刺（刺）。」《正字通·艸部》：「茛，《神農本草經》有茛草，生漢中川

〔註4〕　〔清〕王筠：《說文釋例》第208頁，中華書局1987年影印本。

〔註5〕　〔清〕江藩撰，周春健校注：《經解入門》第81～82頁，華東師範大學出版社2010年版。

澤間。主寒熱陰痹。䓖，當即屈。」

古人說話有「緩」有「急」。語緩，則一個音節可讀成兩個音節；語急，則兩個音節可讀成一個音節。清人俞樾將其歸納爲「語緩」與「語急」兩類。《古書疑義舉例》卷三云：「古人語急，則二字可縮爲一字；語緩，則一字可引爲數字。」〔註6〕比如，語急「達賴」說成「匣」，語緩則「匣」說成「達賴」，「『匣』字乃『達賴』二字之合音」（《茶香室三鈔·匣剌麻》）。

郭錫良先生指出：「單音節語言創造新詞，祇能有兩種方式：一是通過詞義引申分化出新詞，我們叫它詞義構詞；另一方式是通過音節中音素的變化來構造音義有聯繫的新詞，我們叫它音變構詞。複音化突破了語言的單音格局，又產生了兩種構詞方式，一是由單音節的音變構詞擴展爲雙音節的音變構詞，也就是兩個音節之間的同音重疊和異音連綿，構成疊音詞和連綿詞。另一方式是由音變構詞向結構構詞轉軌，把兩個或兩個以上的語素組合起來，構成複合詞。音變構詞是先秦最能產的重要構詞方式之一，必然產生許多音義互相聯繫的同源詞。」〔註7〕

郭先生的結論中未包括「語緩」和「語急」兩種構詞法。語急構詞法有點像漢末產生的「反切」注音法，即將相連的兩個音急讀成一個音。上字取聲，下字取韻母和聲調，再合拼成一個音。比如代詞「zhī（之）」和語氣詞「hū（乎）」，急讀爲「zhū」，字寫成「諸」。現代北京話中的「不用」爲「甭」，也屬於用這種構詞法再造的合音詞。

語緩構詞法與語急構詞法相反，單音詞與緩讀而成的複音詞之間，意義上沒有任何聯繫，上字與原來的單音詞的聲母相同，下字與原來的單音詞的韻母相同（或相近），有點像反切的上下字與被切字的關係。比如「筆」緩讀「不律」，「不」與「筆」聲母同，「律」與「筆」韻母相近，但作爲單音節的「不」或「律」，其意義都與「筆」不相干。

「隱夫」是運用語緩構詞法爲「楡」造的複音詞。「隱」「夫」單說都沒有「楡」義，祇有組合成複音詞「隱夫」後纔表示「楡」的意思。

〔註6〕〔清〕俞樾等著：《古書疑義舉例五種》第 28 頁，中華書局 1956 年版。

〔註7〕郭錫良：《漢語變調構詞考辨序》，見孫玉文《漢語變調構詞考》，商務印書館 2015 年版。

「隱」上古音屬影母文部，《廣韻・隱韻》於謹切，今音 yǐn；「夫」上古音屬幫母魚部，《廣韻・隱韻》甫無切，今音 fū；「榆」上古音屬餘母侯部，《廣韻・虞韻》羊朱切，今音 yú。〔註8〕「隱」屬影母，「榆」屬餘母，同為喉音；「夫」屬魚部，「榆」屬侯部，侯魚旁轉。

「隱夫」一詞在傳世文獻中祇見於西漢司馬相如（約前 179～約前 118）的《上林賦》。《漢書・司馬相如傳〈上林賦〉》：「於是乎盧橘夏孰，黃甘橙榛，枇杷橪柿，亭柰厚朴，楟棗楊梅，櫻桃蒲陶，隱夫薁棣，荅遝離支，羅乎後宮，列乎北園，貤邱陵，下平原。」唐顏師古注：「隱夫，未詳。薁，即今之郁李也。棣，今之山櫻桃。」《文選・司馬長卿〈上林賦〉》唐李善注引魏張揖曰：「隱夫，未詳。」〔註9〕北京大學中國文學史教研室選注《兩漢文學史參考資料》引高步瀛《文選李注義疏》：「『隱夫』李善、顏師古皆言未詳。高步瀛說：『竊意「隱夫」乃夫桼（按，「夫」一作「枎」，音扶，「桼」音移），「桼」、「隱」聲之轉，「夫桼」、「隱夫」名之轉，其實一也。（很可懷疑。音既遠，又要用「倒文」來作解釋。）「夫桼」為常棣。……『隱夫』為一物，『薁棣』亦為一物，蓋即《召南》之唐棣也。』按，高說近是。」〔註10〕

從晉代的張揖、唐代的顏師古均言「隱夫，未詳」之後，其後之注家如清代王念孫的《漢書雜志》〔註11〕等，都回避了對「隱夫」的討論，因此《辭源》《漢語大詞典》等等大型中文工具書均未收「隱夫」一詞。長沙馬王堆帛書《五十二病方》的出土，讓今人再次見到了「隱夫」一詞在漢代的使用，說明它是西漢時期楚語和蜀語中「榆」的變音詞。郭璞說「蜀人呼筆為不律」，則說明當時楚語和蜀語中都有用緩語法構造複音詞的習慣。

第二，從藥效角度看，「榆木」是治療淋病的植物類特效藥。榆木為榆科榆屬落葉喬木，樹高大，遍及北方各地，尤其是黃河流域，隨處可見。其果、樹皮和葉均可入藥。藥材榆白皮（在《五十二病方》中亦稱「榆皮白」），是由榆樹幹皮或根皮製成，具有治療大小便不通、五淋腫滿、疥癬、癰腫和滑

〔註8〕 郭錫良：《漢字古音手冊》（增訂本）第 373、172、177 頁，商務印書館 2010 年版。

〔註9〕 〔唐〕李善注：《文選》第 126 頁，中華書局 1977 年版。

〔註10〕 北京大學中國文學史教研室選注：《兩漢文學史參考資》第 53 頁，中華書局 1962 年版。

〔註11〕 〔清〕王念孫：《讀書雜志》，江蘇古籍出版社 2000 年版。

胎之功效。

《神農本草經・榆皮》：「榆皮，味甘，平，無毒。士治大小便不通，利水道，除邪氣，腸胃邪熱氣，消腫。性滑利，久服輕身，不饑。其實優良。治小兒頭瘡疕。華，主小兒癇，小便不利，傷熱。一名零榆。生穎川山谷。二月采皮，取白暴乾。八月采實，並勿令中濕，濕則傷人。」南朝梁陶弘景集注：「此即今榆樹爾。剝取皮，刮除上赤皮，亦可臨時用之。性至滑利。初生葉，人以作糜羹輩，利人睡眠。」〔註12〕《五十二病方・蟲蝕》第九治方云：「貪（蠹）食（蝕）齒，以榆皮、白□、美桂，而并【□□□】□傅空（孔），薄□。₄₁₇/₄₀₇」（此集成本釋文句讀有誤，另文闡述。）

綜上所述，我們認爲「隱夫（木）」是西漢時期楚方言和蜀方言對「榆」樹的稱呼。〔註13〕

并符

人蠱而病者：燔北鄉（嚮）并符，而烝（蒸）羊尼（眉），以下湯敦（淳）符灰，即【□□】病者，沐浴爲蠱者。₄₄₇/₄₃₇（《五・□蠱者》三）

本方中的「并符」，帛書本無注釋。

考注本注：「燔北鄉（嚮）并符：符，桃符。古人用以驅鬼卻災。全句意即焚燒掛在朝北方向的桃符。」

考釋本注：「并符——并字義不詳。符即符咒。《史記・扁鵲傳》中已有禁方和越方的記載，在敦煌及居延出土的漢簡中有一些用桃木製成的桃符（見《敦煌掇瑣》等書）。」

張顯成先生說：「此方的『并』長期未得釋讀。我們認爲，這裡的『并』當釋『秉』。理由如次：並，幫母、耕部（〔-eŋ〕）；秉，幫母、陽部（〔-aŋ〕）。兩字聲同紐並爲幫母，韻相近而旁轉，故得相通。耕、陽兩韻相通轉者在古文獻中是不乏其例的，茲略舉一二，如：『省』與『相』、『瘟』與『強』、『睘』

〔註12〕〔南朝梁〕陶弘景輯，尚志鈞、尚元勝輯校：《神農本草經集注》（輯校本），人民衛生出版社 1994 年版。

〔註13〕關於漢代簡帛經方文獻中的緩讀藥名「隱扶木」「逃夏」等，我們還將另文詳細討論。

與『盎』、『嬰』與『鞅』、『經』與『綱』、『頸』與『亢』等等，均爲（前）耕（後）陽相轉。所以，無論從音理上講，還是從實際用例上看，耕、陽兩部都是可相通轉的，也就是說，此方的『并』通『秉』是完全靠得住的。故『并符』即『秉符』。本方之『燔北嚮并符』，意即：手秉符籙北向而焚之。符，即古人迷信鬼神用以驅鬼招神治病的神秘文書，也稱『符籙』『符書』。葛洪《抱朴子・遐覽》：『鄭君言，符出於老君，皆天文也。老君能通於神明，符皆神明所授。』這可以代表古人對符的認識。……」〔註14〕

補譯本注：「『并符』：早期的符，產於巫術。符在歷史演繹過程中的內容複雜，周代『門關用符節』；《史記》載『兵符』用桃樹做成；兩漢以後道士用符籙。符咒，上世紀上半葉，在江漢平原的廣大地區，仍有道士或巫婆們在黃表上按一定圖像畫符咒；爲人『治病』或『消災』。『消災』於深夜在門外或郊野將符咒燒之，『治病』將符咒燒後，取燒符之灰沖水喝下去。我國早有桃符之說，本文『并符』可能就指桃符，在癃的第二十治方中：『取桃枝東向者……』（225 行）；在 442 行治療『魅』（小兒鬼致小兒病）時用『取東桃支……而笄（ji 嘰）門戶上各一』。釋之，此即取桃樹東面的桃枝，繫掛在大門的兩側上方，以避逐小鬼。這應是最早的桃符。『燔北嚮并符』即掛在北門兩側的桃符取下來燒成灰備用。」

校釋本注：「北嚮并符：懸掛在朝北方向的桃符。符，即桃符，古人認爲桃木具有除邪驅魅的靈力。張顯成（1996）認爲，并符即『秉符』，指手秉持符籙。嚴建民（2005）認爲，『北向并符』是掛在北門兩側的桃符。呂亞虎（2010）認爲，『燔北嚮并符』是指面向北方，並焚燒桃符。」

按：關於本方中的「并符」，前人有三種解釋，一種存疑。考注本說：「燔北鄉（嚮）并符：符，桃符。古人用以驅鬼卻災。全句意即焚燒掛在朝北方向的桃符。」考釋本說：「并符——并字義不詳。符即符咒」。張顯成先生說：「并」與「秉」爲耕、陽兩韻通轉，故「『并符』即『秉符』。本方之『燔北嚮并符』，意即：手秉符籙北向而焚之。符，即古人迷信鬼神用以驅鬼招神治病的神秘文書，也稱『符籙』『符書』。」補譯本說：「『燔北嚮并符』即掛在

〔註14〕 張顯成：《馬王堆佚醫書釋讀札記》，《帛書研究》第二輯，廣西教育出版社 1996 年版；或見張顯成《簡帛文獻論集》第 42～43 頁，巴蜀書社 2008 年版。

北門兩側的桃符取下來燒成灰備用。」校釋本說：「北嚮并符：懸掛在朝北方向的桃符。」考注本、校釋本的解釋其實並沒有說明「并符」到底是怎麼一回事。祇有張顯成先生的「并」通「秉」和補譯本的「掛在北門兩側的桃符」二說，較爲明確地說明了「并符」的內涵。

我們認爲，本方中的「符」指的祇能是「桃符」，而非東漢以後所說的「符籙」。相傳東海度朔山上有一棵大桃樹，樹幹彎曲伸展三千里，枝椏一直伸向東北方的鬼門。鬼門後的山洞裡住的鬼怪每天都由此門進出。把守鬼門的是神荼和鬱壘兩位神將，他們祇要發現害人的惡鬼，就用芒葦編成的繩索去捆住他們，扔去喂一隻老虎。《太平御覽·果部四》引《漢舊儀》曰：「《山海經》稱：東海擲晷度朔山，山上有大桃，屈蟠三千里。東北間，百鬼所出入也。上有二神人，一曰神荼，二曰鬱壘，主領萬鬼。惡害之鬼，執以葦索，以食虎。黃帝乃立大桃人於門戶。畫神荼、鬱壘與虎、葦索，以禦鬼。」又引《風俗通》曰：「《黃帝書》稱：上古之時，兄弟二人，曰荼與、鬱壘，度朔山上桃樹下簡百鬼。鬼妄楷人，則援以葦索，執以食虎。於是縣官以臘除夕，飾桃人，垂葦索，交畫虎於門，效前事也。」《文選·張衡〈東京賦〉》：「度朔作梗，守以鬱壘，神荼副焉。對操索葦，目察區陬，司執遺鬼。」唐李善注引三國吳薛綜曰：「東海中度朔山有二神，一曰神荼，二曰鬱壘，領眾鬼之惡害者，執以葦索，而用食虎。」唐李善注：「《風俗通》曰：『《皇帝書》：上古時有神荼、鬱壘，昆弟二人，性能執鬼。度朔山上有桃樹，下常簡閱百鬼，無道理者，神荼、與鬱壘持以葦索，執以飼虎。是故縣官常以臘祭夕，飾桃人，垂葦索，畫虎於門，以禦凶也。」〔註15〕

自周代起，每逢年節，百姓就用兩塊長六寸、寬三寸的桃木板，上刻兩位神將的圖像或題上他們的名字，懸掛在大門或臥房門的兩側，以鎮邪驅鬼、祈福納祥，這就是桃符。據史書記載，自古以來中國人認爲桃木有驅鬼避邪的作用，先秦時代就認爲桃茢（即桃木柄笤帚）具有驅鬼除邪的神奇力量。《禮記·檀弓下》云：「君臨臣喪，以巫祝桃茢執戈，（鬼）惡之也。」漢鄭玄注：「爲有凶邪之氣在側，君聞大夫之喪，去樂卒事而往，未襲也。其已襲，則止巫，去桃茢。桃，鬼所惡；茢，萑笤，可掃不祥。」〔註16〕《左傳·襄公二

〔註15〕見〔南朝梁〕蕭統編，〔唐〕李善注《文選》第 63 頁，中華書局 1977 年影印本。

〔註16〕見〔清〕阮元校刻《十三經注疏》第 1302 頁，中華書局 1980 年影印本。

十九年》也有類似的記載。桃枝的避邪作用見於《莊子》：「插桃枝於戶，連灰其下。童子入而不畏，而鬼畏之。是鬼智不如童子也。」（《藝文類聚》卷八十六《果部上》）由於桃木的神奇作用，漢代在臘日前一日逐疫畢，則舉行賜公、卿、將軍、特侯、諸侯「葦戟桃杖」的儀式〔註17〕。在辭舊迎新之際，用桃木板分別雕刻「神荼、鬱壘」二神像，懸掛於兩扇大門中間壓邪驅鬼，已成中華民族的傳統習俗。

　　故知本方所說的「符」爲「桃符」。桃符是用桃木雕刻「神荼」「鬱壘」二神像製成，掛在山門（也稱朝門）的兩扇大門中間。它與東漢時期的符籙沒有任何關係。東漢時期的符籙是道家用黃表紙書寫的請神驅鬼壓邪是文書，西漢時期既無紙張又無五斗米道，何來「符籙」。

　　本方所說的「符」祇能是桃符。漢人將刻有神荼、鬱壘二神的桃木方板並列掛在大門的雙扇門上，叫做「并符」。〔註18〕「燔北鄉并符」，意爲：將掛在向北開的大門上雕刻著「神荼」「鬱壘」二神的兩塊桃符版（并符）取下來燒成灰。

朐

　　【一，□】□□朐，令大如荅，即以赤荅一斗并【□，□□□□□□□□□□□□□□】3/3 孰（熟）而□【□飲】其汁=（汁，汁）宰（滓）皆索」，食之自次（恣）殹。☒4/4（《五・諸傷》二）

　　本方中的「朐」，考釋本注：「朐（qù 去）——古代食品，乾肉的一種，《說文・肉部》：『脯，挺也。』段注：『許書無脡字，挺即脡也。』《春秋公羊傳・昭公二十五年》：『與四脡脯』。何注：『屈曰朐，伸曰脡。』《儀禮・士虞禮》：『朐在甫』。鄭注：『朐，脯及乾肉之屈也。』」

　　補譯本注：「朐（qú，瞿）：『取某朐』，這是一則用某動物直腸周圍的組織治病的最早方劑。原文缺字較多，但保留了幾個關鍵字，爲補正原文提供了依據。如朐，孰（熟），飲其汁，汁宰（滓）皆索，解痛等。『解痛』書寫

〔註17〕《後漢書・禮儀志中》：「百官官府各以木面獸能爲儺人師訖，設桃梗、鬱櫨、葦茭畢，執事陛者罷。葦戟、桃以賜公、卿、將軍、特侯、諸侯。」

〔註18〕關於《五十二病方》中的藥名「并符」我們還將另文詳細討論。

於用藥之後，說明此方是一個『傷痛方』。因此方前缺四字，補：『傷痛取某』胊。有學者釋胊爲『乾肉的一種』欠妥。《五十二病方·胊癢》之胊與此方一致，用『胊癢』原文解胊是最合理的。『胊癢』開篇就講：『痔者，其䐡旁有小孔，——其䐡痛，煬然類辛狀。』表明『胊癢』講的是肛門周疾病，胊即肛門。肛門，古亦作『後』，亦指句：馬王堆漢墓帛書《老子》乙本三十八章：『……失德而句（後）仁，失仁而句（後）義，失義而句（後）禮』。說明古句、胊、後通假。」

校釋本注：「胊：一种屈形的乾肉。《說文·肉部》：『胊，脯挺也。』段玉裁注：『挺，即脡也。』《儀禮·士虞禮》：『胊在甫』。鄭玄注：『胊，脯及乾肉之屈也。』嚴建民（2005）將『□□□□胊』補釋爲『傷痛取某胊』。」

按：本方中的「胊」，考釋本釋爲「乾肉的一種」，補譯本則釋爲「肛門」，而校釋本則遊於二說之間。

「胊」上古音屬群母侯部，《廣韻·虞韻》其俱切，今音 qú，〔註19〕本義爲略微彎屈的長條形乾肉。《說文·肉部》：「胊，脯挺也。從肉句聲。」（四下）清段玉裁注：「許書無『脡』字，『挺』即『脡』也。何〔休〕注《公羊〔傳〕》曰：『屈曰胊，申曰脡。』胊、脡就一脡析言之，非謂脡有曲直二種也。《〔禮記·〕曲禮》：『左脡右末。』鄭〔玄〕云：『屈中曰胊。』屈中，猶言屈處；末，即申者也……凡從『句』之字皆曲物，故皆入《句部》。『胊』不入《句部》何也？『胊』之直多曲少，故釋爲『脯挺』，但云『句聲』也。云『句聲』則亦形聲包會意也。」〔註20〕

本方之「胊」，從下文「令大如荅，即以赤荅一斗，并□復冶」中可知，既非「乾肉的一種」，也非「肛門」，應爲「蒟」的記音字，後世也稱「蒟蒻」。

「蒟」古有二義，一爲「蒟醬」，一爲「蒟蒻」。「蒟」也寫作「枸」，本爲胡椒科藤本植物，其果實叫「蒟子」，可作醬，故也稱「蒟醬」。《說文·艸部》：「蒟，果也。從艸竘聲。」（一下）《玉篇·艸部》：「蒟，俱羽切。蒟醬。出蜀。其葉似桑，實似葚。《漢書》云『蜀唐蒙』。」〔註21〕《史記·西南夷列

〔註19〕「胊」考釋本音「qù」，誤。

〔註20〕〔清〕段玉裁：《說文解字注》第174頁，上海古籍出版社1988年第版。

〔註21〕《宋本玉篇》第251頁，北京市中國書店1983年據張氏澤存堂本影印。

傳》：「南越食（唐）蒙蜀枸醬。」南朝宋裴駰集解引晉徐廣曰：「枸，一作蒟。」唐司馬貞索隱引漢劉德曰：「蒟樹如桑，其椹長二三寸，味酢。取其實以爲醬，美……蒟緣樹而生，非木也。今蜀土家出蒟，實似桑椹，味辛似薑，不酢。」晉常璩《華陽國志‧巴志》：「其果實之珍者，樹有荔芰，蔓有幸蒟。」

「蒟蒻」別名「蒻頭、蒚蒟、蒟蒻芋、鬼芋、鬼頭、妖芋、虎掌、南星、花梗蓮、花傘把、花杆蓮、花麻蛇、麻芋子、野魔芋、土南星、天南星、花杆南星、蛇頭根草」等，今通稱「魔芋」，也寫作「磨芋」，日本稱「蒟蒻」，植物類方藥名。爲天南星科魔芋屬多年生草本植物，塊莖爲扁球形，個大，葉柄粗壯，圓柱形，淡綠色，有暗紫色斑，掌狀複葉。魔芋具有降血糖、降血脂、降血壓、抗癌防癌、延緩衰老、消腫散毒、養顏通脈、減肥通便、開胃等多功能，自古以來都說它具有「去腸砂」的神奇功效。唐段成式《酉陽雜俎‧草篇》：「蒟蒻，根大如椀，至秋葉滴露，隨滴生苗。」明李時珍《本草綱目‧草之六‧蒟蒻》：「蒟蒻，宋《開寶》。〔釋名〕蒻頭（《開寶》）、鬼芋（《圖經》）、鬼頭。根氣味辛，寒，有毒。主治癰腫，風毒，摩傅腫上；搗碎，以灰汁煑成餅，五味調食，主消渴（開寶）。」魔芋全株有毒，塊莖不可生食，中毒後舌、喉灼熱、癢痛、腫大。民間用醋加薑汁少許，內服或含嗽，可以解救。

本方大意爲：將魔芋的根切成大如紅豆的顆粒，與紅豆一起搗碎，上鍋蒸煮，熟後服用。

术

一，胕＝久＝傷＝（胕久傷：胕久傷）者癰＝（癰，癰）潰，汁如靡（糜）。治之：煮水二【斗】，囗一參，术（术）一參，囗【囗】一參。342／332（《五‧胕傷》一）

本方中的「术」，帛書本如是釋，並注：「《神農本草經》謂术『主風寒濕痹，死肌』等病。」集成本釋文、注釋均同帛書本。

考注本注：「术（术）：白术或蒼术，《神農本草經》：『术，味苦溫。主風寒濕痹，死肌痙疸。』」

校釋（壹）本注：「术：白术。《神農本草經》稱其『主風寒濕痹，死肌』。元代醫家王好古『用白术爲細末，先以鹽漿水溫洗，乾貼，二日一換』，治『足

跟瘡久不愈，毒氣攻注』，愈後『可以負重涉險』，與本方相似。」

補譯本注：「茶：古通术，蒼术。《神農本草經》：『术，味苦溫。主風寒濕痹，死肌』。《說文》：『茶，山薊也。』《本草綱目》：『术，即山薊』。主『狹瘀血成窠囊。』」

校釋本改釋爲「朮」，並注：「朮，即白朮。《神農本草經》謂朮『風寒濕痹死肌，痙疸，止汗，除熱，消食，作煎餌』。」

按：本方中的「茶」，書寫者用的是漢代以前的通用字，不存在通「术」的問題，補譯本誤，應按帛書原文釋；校釋本改釋爲「朮」，也誤。

「茶、秫」的初文作「术」，本音 shú，象黏穀子成熟垂首之形。《說文‧禾部》：「秫，稷之黏者。从禾术，象形。术，秫或省禾。」（七上）後變音爲 zhú，泛稱多年生菊科术植物，別名「山薊」「楊枹薊」，有白术、蒼术等。《武威漢代醫簡》簡8：「治□痹鬆□□竅言方：术、方風、細辛、薑、桂、付子、蜀椒、桔梗。」《居延漢簡甲編》簡 509「傷寒四物方」等也寫作「术」。後增附類母「艸」寫作「茶」，再更換聲母「术」轉形爲「蒍」。《爾雅‧釋草》：「茶，山薊、楊枹薊。」清郝懿行義疏：「陶〔弘景〕注：『术有兩種。白术葉大有毛而作椏，根甜而少膏；赤术葉細而無椏，根小苦而多膏。』陶言白术即山薊，赤茶即楊枹薊。《爾雅》下文赤枹薊，此陶所本。然赤术今呼蒼术矣。」《說文‧艸部》：「茶，山薊也。从艸术聲。」（一下）清王筠句讀：「《釋草》省作术，《本草》有白术、赤术。」《玉篇‧艸部》：「茶，儲六切。茶，山薊。與术同。蒍，同上。」《山海經‧中山經》：「（太石之山）有草焉，其狀如茶。」晉郭璞注：「茶似薊也。」三國魏嵇康《與山巨源絕交書》：「餌术黃精，令人久壽。」

《神農本草經‧术》：「术，味苦、溫。主風寒濕痹，死肌，痙疸，止汗，除熱，消食，作煎餌。久服，輕身，延年，不飢。」清徐大椿注：「术者，土之精也。色黃氣香，味苦而帶甘，性溫，皆屬於土，故能補益脾土。又其氣甚烈，而芳香四達，故又能達於筋脈肌膚，而不專於建中宮也。」唐孫思邈《備急千金要方》卷三十八：「麥門冬湯治凡下血虛極方：麥門冬、白术各四兩，甘草一兩，牡蠣、芍藥、阿膠各三兩，大棗二十枚。右七味㕮咀，以水八升煮，取二升，分再服。」

漢魏時爲了區別穀子之「朮」而另造「朮」字，以表示白朮、蒼朮之義。北齊顏之推《顏氏家訓・養生》：「鄴中朝士，有單服杏仁、枸杞、黃精、朮、車前，得益者甚多。」唐王績《採藥》：「龜蛇採二苓，赤白尋雙朮。」

梗

【人病□不瘉：□□□□□□】奉，治以□雞、梗，病者【□□□□□□□】歓（飲）以布如 149/殘片1+148【□□□□□□】□者【□】艮，治以□蜀焦（椒）一委（捼），燔【□□□□□□】置酒中，歓（飲）。150/殘片1+149《五・〔人病□不瘉〕》）〔註22〕

本方中的「梗」，集成本注：「梗，《說文》：『梅也。』《爾雅・釋木》：『時英梅。』注云：『雀梅。』《名醫別錄》載有雀梅，收於有名未用類，云：『味酸寒，有毒，主蝕惡瘡，一名千雀，生海水石谷間。』陶弘景《本草經集注》云：『葉與實俱如麥李。』陸璣《毛詩草木鳥獸蟲魚疏》則以雀梅爲棠棣別名，亦曰車下李，所指是《神農本草經》和《名醫別錄》的郁李，兩說不同。」

按：「梗」集成本如是釋，但從集成本新圖版看，帛書原文寫作「梗（梗）」，字跡很清晰，顯然是個「梗」字，故改釋。

「梗」上古音屬余母侯部，《廣韻・虞韻》羊朱切，今音 yú，本義爲鼠梓樹。《爾雅・釋木》：「梗，鼠梓。」晉郭璞注：「楸屬，今江東有虎梓。」清郝懿行義疏：「今一種楸，葉大如桐葉而黑，山中人謂櫃楸，即郭所云虎楸。」《說文・木部》：「梗，鼠梓木。从木臾聲。《詩》曰：『北山有梗。』」（六上）《玉篇・木部》：「梗，俞主切。楸屬，鼠梓也。」《廣韻・麌韻》：「梗，似山楸而黑也。」《詩經・小雅・南山有臺》：「南山有枸，北山有梗。」毛傳：「梗，鼠梓。」晉陸璣疏：「梗，楸屬。其樹葉、木理如楸，山楸之異者，今人謂之苦楸。濕時脆，燥時堅。今永昌又謂鼠梓，漢時謂之梗。」

「梗」別名「椑、楮李、鼠梓、鼠李、虎梓、牛李、皂李、趙李、苦楸、山李子、牛皂子、烏槎子、烏巢子」等，植物類方藥名。屬鼠李科灌木。其籽味苦，性涼，微毒，可入藥，有祛毒、生肌等功效，主治瘡瘍腫毒。明李時珍

〔註22〕本方帛書本無釋文。

《本草綱目·木之三·鼠李》：「鼠李，本經下品。〔釋名〕楮李（錢氏）、鼠梓（《別錄》）、山李子（《圖經》）、牛李（《別錄》）、皂李（蘇恭）、趙李（蘇恭）、牛皂子（《綱目》）、烏槎子（《綱目》）、烏巢子（《圖經》）、椑（音卑）。時珍曰：鼠李，方音亦作楮李，未詳名義。可以染綠，故俗稱皂李及烏巢。巢、槎、趙，皆皂子之音訛也。一種苦楸，亦名鼠梓，與此不同。見梓下。子，氣味苦涼，微毒。主治寒熱、瘰癧瘡（《本經》）、水腫、腹脹滿（《大明》）、下血及碎肉，除疝瘕、積冷九蒸。酒漬服，三合日再服。又擣傅牛馬六畜瘡中生蟲（蘇恭）、痘瘡黑陷及疥癬有蟲（時珍）。〔發明〕時珍曰：牛李治痘瘡黑陷及出不忦或觸穢氣黑陷。古昔無知之者，惟錢乙《小兒直訣·必勝膏》用之。云：牛李子，即鼠李子。九月後采，黑熟者入砂盆擂爛，生絹捩汁，用銀石器熬成膏，瓷瓶收貯，常令透風。每服一皂子大，煎桃膠湯化下，如人行二十里，再進一服。其瘡自然紅活。入麝香少許，尤妙如無生者，以乾者爲末，水熬成膏。又《九籥衛生方》亦云：痘瘡黑陷者，用牛李子一兩，炒研桃膠半兩，每服一錢，水七分，煎四分，溫服。」

酢漿

治金創止㵒方石膏一分薑二分甘草一分桂一分凡四物皆冶合和以方寸寸酢 52 漿飲之日再夜一良甚勿傳也 53 《武》簡二）

本方中的「酢漿」，醫簡本如是釋，並注：「『酢』，《玉篇》：『酸也。』即醋的本字。古代稱醋爲酢漿。一謂酸酒。」

注解本注：「酢漿：即醋。《說文》：『酢，醶也。醶，酢漿也。』」

校釋本注：「酢：即醋。古代稱醋爲酢漿。《玉篇·酉部》：『酢，酸也。』或謂醋爲酸酒。」

按：「酢」金文作 ，上古音屬清母鐸部，《集韻·暮韻》倉故切，今音 cù，爲「醋」的本字。〔註23〕《說文·酉部》：「酢，醶也。從酉乍聲。」（十四下）南唐徐鍇繫傳：「酢，今人以此酧醋字，反以『醋』爲酒酢，時俗相承之變也。」清段玉裁注：「酢，本醶漿之名，引申之，凡味酸者皆謂之酢……

〔註23〕郭錫良說：「酢，『醋』本字。」見郭錫良《漢字古音手冊》第 163 頁，商務印書館 2010 年版。

今俗皆用『醋』，以此（酢）爲酬酢字。」清朱駿聲通訓定聲：「酢，亦曰戠，
經傳多借爲酬酢字。今酢、醋二字互譌，如穜、種之比。」《玉篇·酉部》：「酢，
且故切。酸也，醶也。今音爲酬酢字也。」《急就篇》：「膾膾炙戠各有形，酸、
鹹、酢、淡辨濁清。」〔註24〕唐顔師古注：「大酸謂之酢。」

「酢」別名「醶」，音 yàn。《說文·酉部》：「醶，酢漿也。从酉僉聲。」
（十四下）《玉篇·酉部》：「醶，义檻切。酢漿也。」《廣雅·釋器》：「醶，
酢也。」又名「酸」。《說文·酉部》：「酸，酢也。从酉夋聲。關東謂酢曰酸。
酸，籀文酸从畯。」（十四下）清段玉裁注：「酸，籀文酸从畯。畯，聲也。」
《玉篇·酉部》：「酸，先丸切。酢也。酸，古文。」《廣韻·桓韻》：「酸，酢
也。」今西南官話重言稱「酸酸」。又名「醯」，音 xī。《說文·酉部》：「醯，
酸也。作醯以鬻、以酒。从鬻、酒並省。从皿。皿，器也。」（十四下）《玉篇·酉
部》：「醯，呼啼切。酸味也。」《洪武正韻·支韻》：「醯，酢也。」《儀禮·
公食大夫禮》：「宰夫自東房授醯醬。」

「醋」上古音屬從母鐸部，《集韻·鐸韻》疾各切，今音 zuò，本義爲客
人以酒回敬主人。《說文·酉部》：「醋，客酌主人也。从酉昔聲。」（十四下）
清段玉裁注：「諸經多以『酢』爲『醋』，唯《禮經》尚仍舊。後人醋、酢互
易，如穜、種互易。」《玉篇·酉部》：「醋，才各切。報也。進酒於客曰獻，
客荅主人曰醋。今音措。」《儀禮·特牲饋食禮》：「祝酌授尸，尸以醋主人。」
漢鄭玄注：「醋，報也……古文『醋』作『酢』。」

「酢漿」簡文本寫作「酢𣸉」，醫簡本、注解本、校釋本均誤釋「酢漿」。
「𣸉」是「漿」的異體字，本義就是「酢漿」，即古代釀製的一種微帶酸味的
飲料。《說文·水部》：「𣸉，酢𣸉也。从水，將省聲。𤁁，古文𣸉省。」（十
一上）清朱駿聲通訓定聲：「𣸉，今隸作漿。」《詩經·小雅·大東》：「或以
其酒，不以其漿。」《周禮·天官·酒正》：「辨四飲之物：一曰清，二曰醫，
三曰漿，四曰酏。」漢鄭玄注：「漿，今之戠漿也。」清孫詒讓正義：「案：
戠、漿同物，累言之則曰戠漿。蓋亦釀糟爲之，但味微酢耳。」北魏賈思勰
《齊民要術·五穀果蓏菜茹非中國物產者》：「枸櫞，似橘，大如飯筥。皮有

香，味不美，可以浣治葛、苧，若酸漿。」又《大小麥》篇引《氾勝之書》：「當種麥，若天旱無雨澤，則薄漬麥種以酢漿並蠶矢。」石聲漢今釋：「『酢漿』是熟澱粉的稀薄懸濁液，經過適當地發酵變化，產生了一些乳酸，有酸味也有香氣；古代用來作爲清涼飲料。」

從上述可知，「酢漿」有二義：①「漿」的複音化稱謂，即一種微帶酸味的飲料，漢以前或叫「酢漿」「截漿」，漢以後或叫「酸漿」。②「酢」的複音化稱謂。

本簡文的「酢」並非「酸酒」，而是指醋。「酢」東漢以來誤寫作「醋」，別名「醯、醶、酸、淳酢、米醋、苦酒」等，川南俗稱「酸酸」，佐料類方藥名。味酸，溫，無毒，可入藥。有散瘀、消積、止血、安蛔、解毒等功效。主治主產後血暈、癥瘕積聚、吐血、衄血、便血、蟲積腹痛、魚肉菜毒、癰腫瘡毒等症。《神農本草經·醋》：「醋，味酸，溫，無毒。主消癰腫，散水氣，殺邪毒。一名苦酒。」明繆希雍疏：「醋，惟米造者入藥。得溫熱之氣，故從木化。其味酸，氣溫，無毒。酸入肝，肝主血。血逆熱壅則生癰腫，酸能斂壅熱溫，能行逆血，故主消癰腫。其治產後血暈、癥塊、血積，亦此意耳。散水氣者，水性泛濫，得收斂而寧謐也。殺邪毒者，酸苦湧瀉，能吐出一切邪氣毒物也（《日華子》）。主下氣除煩，婦人心痛血氣並產後，及傷損、金瘡出血、迷悶，殺一切魚肉菜毒，取其酸收，而又有散瘀解毒之功也。故外科傅藥中多資用。」〔註25〕宋唐慎微《政和證類本草》卷二十六：「醋味酸，溫，無毒。主消癰腫，散水氣，殺邪毒。」

樓

治㝱人膏藥方樓三升當歸十分白芷四分付子卅枚甘草七分弓大鄭十分菓草二束凡七物以肦膊高舍之 88甲（《武》木）

本方中的「樓」，醫簡本如是補釋，並注：「簡文中『三升』上一字疑是『樓』字，指栝樓。」

注解本注：「樓，似爲『樓』字，指栝樓。」

〔註25〕〔明〕繆希雍：《神農本草經疏》，見《欽定四庫全書》子部五醫家類，上海人民出版社、迪志文化出版有限公司 1999 年版。

校釋本注：「樓：藥物名，疑爲栝樓。」

按：木牘88甲文字漫漶不清，88乙雖已漫漶，但还能看出是「梮」，即「樛」字的草書，故改釋爲「樛」。醫簡本補釋爲「樓」，誤。

「樛」即「蔦」字的異體。《爾雅·釋木》：「寓木，宛童。」晉郭璞注：「寄生樹，一名蔦。」《山海經·中山經》：「又東北七十里，曰龍山，上多寓木。」晉郭璞注：「寄生也，一名宛童。」《廣雅·釋草》：「寄屑，寄生也。」清王念孫疏證：「即《釋木》所云：『宛童、寄生，樛也。』『屑』各本譌作『屛』。案：《神農本草》云：『桑上寄生，一名寄屑。』《廣韻》十二曷注云：『寄生，又名寄屑。』『屑』與『屛』字形相似而譌，今訂正。」﹝註26﹞《說文·艸部》：「蔦，寄生也。从艸鳥聲。《詩》曰：『蔦與女蘿。』樛，蔦或从木。」（一下）《玉篇·艸部》：「蔦，都了切。寄生也。《詩》曰：『蔦與女蘿。』」宋洪適《隸釋·費鳳別碑》：「中表之恩情，兄弟與甥舅，樛與女蘿性，樂松之茂好。」

「樛」別名「寓木、宛童、寄屑、寄生樹、松寄生、桑寄生、廣寄生、桑上寄生、桃樹寄生、苦楝寄生、梧州寄生茶」等，植物類方藥名。爲寄生科鈍果寄生屬常綠小灌木植物。常寄生於山茶科、山毛櫸科等植物上，葉近對生或互生，革質，卵形、長卵形或橢圓形，夏秋開花，色紫紅，漿果橢球形。枝、葉、花均被褐色毛。其味苦、甘，氣平和，不寒不熱，無毒。

「樛」莖、葉、實均可入藥。有補肝腎，強筋骨，除風濕，通經絡，益血，安胎、明目等功效。可治胎漏血崩，產後餘疾，乳汁不下，腰膝酸痛，筋骨痿弱，偏枯，腳氣，風寒濕痹等病症。《神農本草經·桑上寄生》：「桑上寄生，味苦、甘，平，無毒。主腰痛、小兒背強、癰腫、安胎、充肌膚、堅髮齒、長鬚眉；主金瘡、去痺、女子崩中、內傷不足、產後餘疾、下乳汁。其實主明目、輕身、通神。」明繆希雍疏：「桑寄生感桑之精氣而生，其味苦、甘，其氣平和，不寒不熱，固應無毒。詳其主治，一本於桑抽其精英，故功用比桑尤勝。腰痛、及小兒背強，皆血不足之候；癰腫，多由於榮氣熱；肌膚不充，由於血虛。齒者，骨之餘也；髮者，血之餘也。益血，則髮華；腎氣足，則齒堅而鬚眉長；血盛，則胎自安。女子崩中及內傷不足，皆血虛內熱之故；產後餘疾，皆由血分；乳汁不下，亦由血虛；金瘡，則全傷於血上

﹝註26﹞〔清〕王念孫：《廣雅疏證》第320頁，中華書局1983年版。

來。種種疾病，莫不悉由血虛有熱所發。此藥性能益血，故並主之也，兼能祛溼，故亦療痺。實味甘，平，小益血之藥，故主治如經所云也。」

宋唐慎微《政和證類本草》卷十二：「桑上寄生，味苦、甘，平，無毒。主腰痛，小兒背強（巨兩切），癰腫，安胎，充肌膚，堅髮齒，長鬚眉，主金瘡，去痺，女子崩中，內傷不足，產後餘疾，下乳汁。其實明目，輕身通神。一名寄屑。一名寓木，一名宛童，一名蔦（音鳥又音吊）。生弘農川谷桑樹上。三月三日采莖、葉，陰乾。」

明李時珍《本草綱目·木之四·桑上寄生》：「桑上寄生，《本經》上品。釋名：寄屑（《本經》）、寓木（《本經》）、宛童（《本經》）、蔦（鳥、吊二音）。時珍曰：此物寄寓他木而生，如鳥立於上，故曰寄生、寓木、蔦木，俗呼為寄生草。《東方朔傳》云：『在樹為寄生，在地為寠藪。』集解：《別錄》曰：『桑上寄生生弘農川谷桑樹上，三月三日采莖葉，陰乾。』弘景曰：『寄生松上、楊上、楓上皆有，形類一般，但根津所因處為異，則各隨其樹名之。生樹枝間，根在枝節之內，葉圓青赤，厚澤易折，旁自生枝節。多夏生，四月花白，五月實，赤大如小豆。處處皆有，以出彭城者為勝。俗呼為續斷用之，而《本經》續斷別在上品，主療不同。市人混雜無識者。恭曰：『此多生楓、槲、櫸、柳、水楊等樹上，葉無陰陽，如細柳葉而厚脆，莖粗，短子黃色，大如小棗。惟虢州有桑上者，子汁甚黏，核大似小豆。九月始熟，黃色。陶言五月實，赤大如小豆，蓋未見也。江南人相承用其莖為續斷，殊不相關。』保昇曰：『諸樹多有寄生，莖葉並相似。云是烏鳥食一物，子糞落樹上，感氣而生，葉如橘而厚軟，莖如槐而肥脆，處處雖有，須桑上者佳。然非自采，即難以別，可斷莖視之，色深黃者為驗。』又《圖經》云：『葉似龍膽而厚濶，莖短似雞腳，作樹形，三月、四月花，黃白色，六月、七月結子，黃綠色，如小豆，以汁稠黏者良也。』大明曰：『人多收櫸樹上者為桑寄生，桑上極少，縱有形與櫸上者亦不同；次即楓樹上者，力與櫸樹上者相同，黃色，七月、六月采。』宗奭曰：『桑寄生，皆言處處有之，從官南北，處處難得，豈歲歲斫踐之，苦不能生耶，抑方宜不同耶？若以為鳥食物，子落枝節間，感氣而生，則麥當生麥，穀當生穀，不當生此一物也。自是感造化之氣，別是一物。古人惟取桑上者，是假其氣爾，第以難得真者。真者下咽，必驗如神。向有

求此于吳中諸邑者，予遍搜不可得，遂以實告之鄰邑以他木寄生送上，服之，逾月而死，可不慎哉！』震亨曰：『桑寄生，藥之要品，而人不諳其的，惜哉！近海州邑及海外之境，其地煖而不蠶桑，無採捋之苦，氣厚意濃，自然生出也，何嘗節間可容他子耶？』時珍曰：寄生，高者二、三尺，其葉圓而微尖，厚而柔，面青而光澤，背淡紫而有茸。人言川蜀桑多，時有生者，他處鮮得，須自采或連桑采者，乃可用。世俗多以襍樹上者，克之氣性不同，恐反有害也。按鄭樵《通志》云：『寄生有兩種，一種大者，葉如石榴葉，一種小者，葉如麻黃葉，其子皆相似。大者曰蔦，小者曰女蘿。』今觀蜀本韓氏所說，亦是兩種，與鄭説同。修治：斅曰：采得銅刀和根枝莖葉細剉，陰乾用，勿見火。氣味苦，平，無毒（《別錄》曰：甘，無毒）。主治腰痛、小兒背强、癰腫、充肌膚、堅髮齒、長鬚眉、安胎（《本經》）；去女子崩中、內傷不足、產後餘疾，下乳汁，主金瘡、去痺（《別錄》）；助筋骨，益血脈（大明）；主懷妊，漏血不止，令胎牢固（甄權）。」清錢謙益《梅杓司詩序》：「余固知窮冬沍寒，當不與寓木蔓草俱盡也。」

注意：「蔦」與「女蘿」都是寄生在樹木上的植物。《詩經‧小雅‧頍弁》：「蔦與女蘿，施于松柏。」毛傳：「蔦，寄生也。女蘿，菟絲，松蘿也。」因此後世將其誤認爲是同一種藥物。有的醫學家已知其有別，故詳加匯釋，以示區別。如明代的李時珍和繆希雍，分別在「集解」與「注疏」中詳加辨析，提示後人切勿一誤再誤。《漢語大字典‧草部》「蔦」字下也有按語提示：「蔦爲常綠寄生小灌木；女蘿即松蘿，爲孢子植物地衣門松蘿科呈樹枝狀的植物體，懸垂在高山針葉林枝梢。古詩文因《詩》二者連用，常混以爲一物。」〔註27〕

杏霾中人

一，久傷者，齏（齏）杏霾〈覈（核）〉中人（仁），以職（膱）膏弁，封痏，虫（蟲）即出。【●嘗】試 21/21。（《五‧諸傷》十四）

本方中的「杏覈中人」，帛書本釋爲「杏霾〈覈（核）〉中人（仁）」，並注：「杏核中人，《神農本草經》作『杏核人』，即杏仁，云主治『金瘡』。」

〔註27〕《漢語大字典》第 3497 頁，四川辭書出版社、湖北崇文書局 2010 年版。

考注本注：「杏核中仁：即杏仁。《神農本草經》有杏核仁主治金創的記載。」

考釋本逕改釋爲「杏核中仁」，並注：「杏核中仁——《本經》名『杏核仁』。云：『味甘溫。主欬逆，上氣，雷鳴，喉痹，下氣，產乳，金瘡，寒心，賁豚。』」

校釋（壹）本注：「杏核中仁，即杏仁。《神農本草經》稱其主治『產乳金瘡』。《千金方》載杏仁膏、《本草綱目》載『杏仁去皮，研濾取膏，入輕粉，麻油調搽』，『治諸瘡腫痛』，皆與本方類似。」

校釋本注：「杏核中仁：即杏仁，《神農本草經》作『杏核人』，謂其主治『金瘡』。」

按：第一，關於「杏霩」之「霩」字，集成本新圖版本寫作「」，即「覈」，帛書本釋作「霩〈覈（核）〉」，不確；繼後諸注家均沿襲其釋，未安。考釋本云：「核——原作『霩』。『霩』未見傳世字書。從其前後文考察應爲『覈』字之形譌。核與覈上古音均匣母紐。核爲職母。覈爲錫母。故覈假爲核。按覈字古義爲果實，或與核義同。」考釋本不悉古音，故把「匣母」說成「匣母紐」，職部、錫部說成「職母」「錫母」。但他看出了「覈」與「核」的字義關係，這點很可貴。

「覈」上古音屬匣母錫部，《廣韻·麥韻》下革切，今音 hé，本義爲果仁。《說文·襾部》：「覈，實也。考事襾笮、邀遮其辝得實曰覈。從襾敫聲。」（七下）清朱駿聲通訓定聲：「覈，凡物包覈其外，堅實其中曰覈。故草木之果曰覈。」《周禮·地官·大司徒》：「三曰丘陵，其動物宜羽物，其植物宜覈物。」漢鄭玄注：「核物，李梅之屬。」清孫詒讓正義：「丁晏曰：『經文作覈，注作核，是果實之字當用覈。鄭君作核，從今文假借字也。』」《馬王堆漢墓帛書·稱》：「華之屬，必有覈，覈中必有意。」

引申爲骨，比喻義。《廣雅·釋器》：「覈，骨也。」清王念孫疏證：「骨之言覈也。《說文》：『骨，肉之覈也。』……《〔詩經·〕小雅·賓之初筵》篇『殽核維旅』蔡邕注《典引》云：『肉曰殽，骨曰覈。』」《文選·班固〈典引〉》：「殽覈仁誼之林藪。」李善注引漢蔡邕曰：「殽覈，食也。肉曰殽，骨曰覈。」

再引申爲核實。《說文·襾部》：「覈，實也。考事襾笮，邀哲其辝得實曰

覈。」清段玉裁注：「兩者，反復之；笮者，迫之；徼者，巡之；遮者，遏之。言攷事者定於一是，必使其上下四方之辭皆不得逞，而後得其實，是謂覈。此所謂咨於故實也，所謂實事求是也。」《文選・張衡〈西京賦〉》：「化俗之本，有與推移，何以覈諸？」唐李善注引三國吳薛綜曰：「覈，驗也。」

「核」上古音屬見母之部，《廣韻・咍韻》柯開切，今音 gāi，本義爲木名。《說文・木部》：「核，蠻夷以木皮爲篋，狀如籢尊。从木亥聲。」（六上）南唐徐鍇繫傳：「蠻夷以木皮爲篋，狀如籢樽之形也……籢即鏡匣也。」清段玉裁注：「今字果實中曰核，本義廢矣。」後變音爲 hé（《廣韻・麥韻》下革切），引申義義與「覈」的本義合流了，都表示果仁。《爾雅・釋木》：「桃李醜核。」晉郭璞注：「子中有核人。」清郝懿行義疏：「《初學記》引孫炎曰：『桃李之類，實皆有核。』按：核當作覈……經典假借作核耳。」《玉篇・木部》：「核，爲革切。果實中也。」《集韻・麥韻》：「核，果中核。」《禮記・玉藻》：「食棗桃李，弗致於核。」唐孔穎達等正義：「謂其懷核，不置於地也。」

可見，「果仁」上古漢語均寫作「覈」，「核仁」寫作「覈中人」，漢魏以後，「覈」「核」雖混用，但人們仍然知道「覈」是果仁的本字。因此，《五十二病方》杏仁寫作「杏覈中人」，其「覈」爲本字，而非假借字。考釋本說「覈假爲核」，顛倒了「覈」「核」的源流關係。

第二，關於「杏核中人」之「人」，帛書本釋爲「人（仁）」，繼後各注本均從其釋，均未安，當依原文釋爲「人」。〔註28〕「果仁」之「仁」，在宋代以前，所有醫書均寫作「人」，未見寫作「仁」者，《顏氏家訓》寫作「仁」。《爾雅・釋木》：「桃李醜核。」清郝懿行義疏：「核者，人也。古曰核，今曰人。」《說文・人部》「人」下段玉裁注：「果人之字，自宋以前，《本草》方書，詩歌記載，無不作『人』字。自明成化重刊《本草》，乃改爲『仁』字。」今本《神農本草經》中仍無「杏核人」或「杏核仁」之類方藥名，考注本說「《神農本草經》有杏核仁主治金創的記載」，不確。北魏賈思勰《齊民要術・種梅杏》：「杏子人，可以爲粥。」石聲漢今釋：「種仁的『仁』，本書都用『人』。」

「杏覈中人」後世改稱「杏核仁、杏仁」，別名「苦杏仁、杏梅仁」，爲

〔註28〕 《爾雅・釋木》：「桃李醜核。」晉郭璞注：「子中有核人。」《漢語大字典》引郭璞注將「人」引作「人（仁）」，認爲「人」當作「仁」，失慎。見《漢語大字典》第 1292 頁，四川辭書出版社、湖北崇文書局 2010 年版。

杏子核中的核仁，植物類方藥名。杏爲薔薇科杏屬落葉喬木，地生，植株無毛，葉互生，闊卵形或圓卵形葉子，邊緣有鈍鋸齒；近葉柄頂端有二腺體；淡紅色花單生或 2～3 個同生，白色或微紅色。圓、長圓或扁圓形核果，果皮多爲白色、黃色至黃紅色，向陽部常具紅暈和斑點；暗黃色果肉，味甜多汁；核面平滑沒有斑孔，核緣厚而有溝紋。核仁爲黃色且有很多小洞，外殼爲堅硬的木質。核仁含有 20% 的蛋白質，不含澱粉，磨碎、加壓後，榨出的油脂，大約是本身重量的一半，杏仁油爲淡黃色，雖然沒有香味，但具有軟化皮膚的功效。杏仁味苦或甜，性微溫，有小毒，可入藥。有降氣、止咳、平喘、潤腸、通便等功效。可治療咳嗽氣喘、胸滿痰多、血虛津枯、腸燥便秘等病症。北齊顏之推《顏氏家訓·養生》：「鄴中朝士有單服杏仁、枸杞、黃精、尤、車前，得益者甚多。」明李時珍《本草綱目·果之一·杏》：「杏仁能散能降，故解肌、散風、降氣、潤燥、消積，治傷損藥中用之。」

注意：《漢語大詞典》未收「杏覈中人」一條，應據《五十二病方》補。

林根

一，令金傷毋（無）痛，取薺孰（熟）乾實，燘（熬）令焦黑，冶一；林（术）根去皮，冶二；凡二物并和，取三 ₂₅/₂₅ 指冣（最－撮）到節一，醇酒盈一衷（中）桮（杯），入藥中，撓歙（飲）。不耆（嗜）酒，半桮（杯）。巳（已）歙（飲），有頃不痛。₂₆/₂₆ 復痛，歙（飲）藥如數。不痛，毋歙（飲）藥＝（藥。藥）先食後食次（恣）。治病時，毋食魚、彘肉、馬肉、飛 ₂₇/₂₇ 蟲、葷、麻○洙采（菜），毋近內，病巳（已）如故。治病毋（無）時。壹治藥，足治病。藥巳（已）治，裹以 ₂₈/₂₈ 繒臧（藏）。冶林（术），暴（曝）若有所燥，冶。令。₂₉/₂₉（《五·諸傷》十七）

本方中的「林根」，帛書本釋爲「林（术）根」，並注：「术，見《神農本草經》，《說文》作荒。《本草綱目》云：『古方二术通用，後人始有蒼、白之分。』」

考注本注：「术：《說文》作荒，見於《神農本草經》。考《傷寒雜病論》方中凡用术者，都是白术，而無蒼术之名。白术、蒼术之分是後世之事。」

　　考釋本注：「术——原作『林』，字從木，术聲。上古音與术相同，均船母，物部韻。术爲《本經》藥。其原文即：『味苦溫，主風寒濕痹，死肌，痙，疸，止汗，除熱，消食。』按，後代本草中分爲白术與蒼术二種。均爲菊科植物，以根部入藥。但《本經》、《別錄》僅記『术』名。陶弘景注始分白、赤二種，赤术即今之蒼术。《本草衍義》始有蒼术之稱。二术的藥效均能健脾、燥濕，惟蒼术尤多用於寒濕偏重的痹症，肢節疼痛等病，具有一定的鎮痛作用。」

　　校釋（壹）本注：「术根：《本草綱目》稱『古方二术通用，後人始有蒼、白之分。』蒼、白术採集後皆取其根部入藥。《名醫別錄》稱術『利腰臍間血。』《本草綱目》稱蒼术『治挾瘀血成窠囊』。」補譯本注與帛書本基本相同。

　　按：本方「林根」之「林」，今細看集成本新圖版，帛書原文本寫作「秫」，帛書本及繼後各注本均釋爲「林（术）」。漢字有「秫」而無「林」，當改釋爲「秫」。在《五十二病方》中也寫作「秫」。如《蛭食》云：「蛭食人胕股，【即】產其中者，并黍、叔（菽）、秫三炊之。」在傳世文獻中，「木」旁與「禾旁」字的書寫常常相混，簡帛文字的書寫也然。

　　「秫」甲骨文作、、，上古音屬船母物部，《廣韻・術韻》食聿切，今音 shú，本義爲有黏性的小米。《爾雅・釋草》：「衆，秫。」晉郭璞注：「謂黏粟也。」清郝懿行義疏：「今北方謂穀子之黏者爲秫穀子，其米爲小黃米。」〔註29〕《說文・禾部》：「秫，稷之黏者。从禾、术。象形。术，秫或省禾。」（七上）清段玉裁注：「下象其莖葉，上象其采。」《玉篇・禾部》：「秫，時聿切。《說文》曰：『稷之黏者。』」《周禮・考工記・鍾氏》：「染羽以朱湛丹秫。」漢鄭玄注引鄭司農曰：「丹秫，赤粟。」明李時珍《本草綱目・穀之二・秫》：「秫。俗呼糯粟，北人呼爲黃糯，亦曰黃米。釀酒劣於糯也。」

　　「术」上古音屬定母物部，《廣韻・術韻》直律切，今音 shú，即「山薊」，屬菊科多年生草本植物。《說文・艸部》：「术，山薊也。从艸术聲。」（一下）清王筠句讀：「《釋草》省作『术』。《本草》有白术、赤术。」《玉篇・艸部》：「术，山薊。與术同。」《山海經・中山經》：「（泰室之山）有草焉，其狀如术。」晉郭璞注：「术似薊也。」《養生方・【除中益氣】》：「取菫葵長四寸一把，术

〔註29〕　〔清〕郝懿行：《爾雅義疏》第 943 頁，上海古籍出版社 1983 年影印本。

（朮）一把，烏豙（喙）十□【□□】削皮細析，以大【牡 ₁₂₂ ₍ ₁₂₁ 兔】肉入藥間，盡之，乾，勿令見日⌐，百日，冶，裏 ₁₂₃ ₍ ₁₂₂。」

「朮」是「荒」的後出轉形字，而非初文。北齊顏之推《顏氏家訓・養生》：「鄴中朝士，有單服杏仁、枸杞、黃精、朮、車前，得益者甚多。」唐王績《採藥》詩：「龜蛇採二苓，赤白尋雙朮。」

「术」是「秫」的本字，後世又用它來表示「荒」，故「术」既可以表示黏粟之「秫」，也可以表示白荒、蒼荒之「荒」。後世雖另造「朮」字以示區別，但唐宋以來的歷代醫家，仍習慣於寫作「术」，見《神農本草經》《本草綱目》等醫書。在普通話裡，「朮」與「术」雖不同音，但由於「术」有 shú、zhú 二音，故在有些方言中同讀 shú 音，比如成都話，「白朮」從來都讀〔bəi21 su21〕。

在漢代簡帛經方文獻中，如《五十二病方》《養生方》《武威漢代醫簡》《居延漢簡甲編》等，方藥名「秫」也寫作「荒、朮」，「秫根」即「荒根」，在本方中也單稱「秫」。

麻○洙采

一，令金傷毋（無）痛，取薺孰（熟）乾實，燭（熬）令焦黑，冶一；林（术）根去皮，冶二；凡二物并和，取三 ₂₅ ₍ ₂₅ 指寂（最－撮）到節一，醇酒盈一衷（中）桮（杯），入藥中，撓歆（飲）。不耆（嗜）酒，半桮（杯）。巳（已）歆（飲），有頃不痛。₂₆ ₍ ₂₆ 復痛，歆（飲）藥如數。不痛，毋歆（飲）藥═（藥。藥）先食後食次（恣）。治病時，毋食魚、彘肉、馬肉、飛 ₂₇ ₍ ₂₇ 蟲、葷、麻○洙采（菜），毋近內，病巳（已）如故。₂₈ ₍ ₂₈（《五・諸傷》十七）

本方中的「麻○洙采」，帛書本釋爲「麻○洙采（菜）」，並注：「麻洙菜，古食品名。《武威漢代醫簡》32：『常作赤豆麻洙服之。』」考注本注同帛書本。

考釋本將「采」逕改釋爲「菜」，並注：「麻洙菜——菜原作采。菜與采上古音均清母，之部韻。同音通假。麻洙菜爲古食品名。武威漢簡《治百病方》：『常作赤豆麻洙服之。』」

校釋（壹）本注：「麻洙菜：古代一種食品，製作方法不詳。」

補譯本注：「麻洙苿，占藥名。《武威漢代醫簡》32：『常作赤豆麻洙服之』。」

校釋本注：「麻洙：古苿名，製作方法不詳，亦見《武威漢代醫簡》。」

劉釗先生也將「麻洙苿」當成一個詞，他說：「在上引『令金傷毋痛』方中，『桑蟲』與『魚』『巤』『馬肉』『葷』『麻洙苿』一起被列在禁食之列。」〔註30〕

集成本注：「原注：麻洙苿，古食品名。《武威漢代醫簡》32：『常作赤豆麻洙服之。』今按：○是『洙』錯寫。」

按：本方中的「麻○洙采」，今細看集成本新圖版，帛書原文寫作「麻𣲲𣲲𣲲」，「麻」與「洙采」之間還有個字，但從帛書本到集成本都用「○」來表示。帛書本釋文作「麻○洙采（苿）」，而在注釋中卻將其逕作爲「麻洙苿」一詞來解釋。繼後各注本均按帛書本處理，認爲「麻○洙苿」就是「麻洙苿」。

從本方上下文看，「魚、巤肉、馬肉、求（鰌）蟲」等四種均爲「毋食」的動物類食物，而「葷、麻、椒、洙」等則爲另外四種「毋食」的植物類食物，雖然它們分屬不同，但同爲八種「采（苿）」。因此，我們認爲「洙」及其以前的「○」和「麻、葷」，應該都是用單音節詞來表示的四種蔬苿，即「葷、麻、椒、洙」。故「𣲲」當爲「椒」字漫漶。「麻、椒、洙」當爲三個詞，而並非僅僅指「麻洙」一種「苿」。

「葷」指蔥蒜之類有特殊氣味的苿。《說文・艸部》：「葷，臭苿也。从艸軍聲。」（一下）南唐徐鍇繫傳：「通謂之芸薹、椿、韭、蔥、阿魏之屬，方術家所禁，謂氣不潔也。」《玉篇・艸部》：「葷，呼云切。《禮記》云：膳於君有葷桃茢，葷葉，所以辟凶邪也。」《小爾雅・釋草》：「蔥有冬蔥、漢蔥、胡蔥、茖蔥……古者此等通名葷苿。西方則以大蒜、小蒜、興渠、慈蔥、茖蔥列爲五葷，以爲熟之則發淫，生噉增恚，皆損於性情，故絕而不食……今道家亦有五葷，乃謂韭、蒜、芸薹、胡荽、薤也。」《儀禮・士相見禮》：「夜侍坐，問夜，善葷，請退可也。」漢鄭玄注：「葷，辛物，蔥薤之屬，食之以止臥。」

「麻」指「脂麻」，後世也稱「巨藕、巨勝、白麻、胡麻」，今稱「芝麻」，

〔註30〕劉釗：《馬王堆帛書〈五十二病方〉中一個久被誤釋的藥名》，《出土簡帛文字叢考》第 174 頁，臺灣古籍出版有限公司 2004 年版。

在本方中特指芝麻油，植物類方藥名。為胡麻科胡麻屬一年生直立草本植物，是古代「五穀」之一，亦是我國四大食用油料作物之一。我國原有四棱、六棱兩種芝麻，西漢張騫又從西域引進八棱黑芝麻，故又稱「胡麻」。

芝麻子扁圓，有白、黃、棕紅、黑色數種，以白色的種子含油量較高，芝麻油中含有大量人體必需的脂肪酸，亞油酸的含量高達 43.7%，比菜油、花生油都高。芝麻的莖、葉、花都可以提取芳香油。《禮記‧月令》：「天子居總章左個，乘戎路，駕白駱，載白旂，衣白衣，服白玉，食麻與犬。其器廉以深。」《集韻‧蒸韻》：「藤，巨藤，藥艸。」《正字通‧麻部》：「麻，《素問》：『麻、麥、稷、黍、豆為五穀。』麻，即今麻油。中國有四棱、六棱者。張騫從外國得八棱黑麻種，故又曰胡麻。一名藤，一名巨勝，言其大而勝，即黑脂麻也……又脂麻以油膏得名，俗譌呼為『芝麻』。」

黑芝麻味甘，性平，可入藥。有補肝益腎、益精血、潤腸燥、通乳之功。可治療肝腎虛損、精血不足、鬚髮早白、眩暈耳鳴、腰膝酸軟、四肢無力、貧血萎黃、津液不足、產後血虛、乳汁不足、血虛津虧、腸燥便秘等病症。但患有慢性腸炎、便溏腹瀉者，男子陽痿、遺精者忌食。《神農本草經‧胡麻》：「胡麻，味甘，平，無毒。主治傷中，虛羸，補五內，益氣力，長肌肉，填髓腦，堅筋骨，治金創，止痛，及傷寒溫瘧，大吐後虛熱羸困。久服，輕身，不老，明耳目，耐飢，延年。以作油，微寒，大利腸，胞衣不落。生者，摩瘡腫，生禿髮。一名狗蝨，一名方莖，一名紅藏，一名巨勝。葉名青蘘。生上黨川澤。」南朝梁陶弘景集注：「八穀之中，惟此為良。淳黑者為巨勝。巨者，大也。是為大勝。本生大宛，故名胡麻，又莖方名巨勝，莖圓名胡麻。服食家當九蒸、九曝、熬、擣，餌之斷穀，長生、充肌。雖易得，世中學者猶不能恒服，而況餘藥乎！蒸不熟，令人髮落，其性與茯苓相宜。世方用之甚少，惟時以合湯丸耳。麻油生榨者如此，若蒸炒正可供作食及燃耳，不入藥用也。」

「椒」也寫作「杸、茮」等。《玉篇‧木部》：「椒，子姚切。木名。《爾雅》云：『檓，大椒。』杸，同上。」又《艸部》：「茮，子消切。菽也。與椒同。」在本方中代表「麻味」類蔬菜（佐料）。

「洙」各注本均與「麻」「采」連讀，認為是一種「古菜名」或「古藥名」。我們認為，本方之「洙」通「茱」，即「茱萸」的簡稱。《玉篇‧艸部》：「茱，時朱切。茱萸。萸，與朱切。茱萸。」茱萸又名「越椒」。「茱」與「椒」同屬

麻味類佐料，前者四川人稱「艾子」，後者稱「椒子」，是一種常綠帶香的植物，具備殺蟲消毒、逐寒袪風的功效。

本方「葷、麻、椒、洙（茱）」四種植物類蔬菜與「魚、麑肉、馬肉、求（鰌）蟲」四種動物類食物，均為金傷病人禁食的食品。

蘣

一，傷脛（痙）者，擇蘣（薤）一把，以敦（淳）酒半斗者（煮）潰（沸），歓（飲）之，即溫衣陝（夾）坐四旁，汗出到足，乃【囗】。（《五・傷痙》五）

本方中的「蘣」，帛書本釋為「薤」，並注：「薤，見《神農本草經》，云：『主金瘡，瘡敗。』」考注本、考釋本、校釋（壹）本、補譯本、校釋本釋文從帛書本。

考注本注：「薤，《神農本草經》：『主金瘡，瘡敗。』《名醫別錄》：『諸瘡中風寒。』」

考釋本注：「薤（xiè，謝）——《本經》：『味辛。主金瘡。瘡敗。』《別錄》：『除寒熱，去水氣，溫中，散結。』」

校釋（壹）本注：「薤，薤白。《神農本草經》稱其『主金瘡瘡敗。』《本草逢原》：『亦取辛以洩氣，溫以長肉也。』」

補譯本：「薤（xiē 解）多年生草本，藥用葉，鱗莖名曰藠頭（jiàotou），均可食。《神農本草經》云：『主金瘡，瘡敗。』《名醫別錄》：『薤，除寒熱，去水氣，溫中，散結……』薤在《五十二病方》43、78、182、433 行四用，為常用藥。」

校釋本注：「薤：即薤白，又稱蔥白。《神農本草經》謂其：『主金瘡，瘡敗』。」

集成本改釋為「蘣（薤）」，并注：「蘣，原釋文逕作『薤』。原注：『薤，見《神農本草經》，云：『主金瘡，瘡敗。』今按：蘣、薤，薤的俗體。《說文・韭部》：『薤，菜也。葉似韭。從韭、叡聲。』此字見本篇195、182、443、433 行，《養生方》29 行，後二者原釋作『蘣』。」

按：本方中的「蘣」，今細看集成本新圖版，帛書原文本寫作「脛」，左

爲「歺」字篆書，右「韭」上有似「人」字，應是「又」的缺筆，當釋爲「薤」。帛書本釋爲「薤」，未安，集成本改釋爲「薤（薤）」，失愼。

「薤（xiè）」初文寫作「韰」。《爾雅·釋草》：「韰，鴻薈。」晉郭璞注：「即韰菜也。」宋邢昺疏：「韰，葉似韭之菜也。一名鴻薈，《本草》謂之菜芝是也。」《說文·韭部》：「韰，菜也。葉似韭。从韭叡聲。」（七下）《山海經·北山經》：「丹熏之山，其上多樗柏，其草多韭韰。」

「韰」的譌體作「薤、殈、殚」。《六書故·植物二》：「韰、薤，葷菜也。侣韭而大。別作薤。」《龍龕手鑑·歺部》：「殚，俗。下戒反。」《字彙補·歺部》：「殚，同薤。」隋杜臺卿《玉燭寶典·正月孟春》：「盡二月上，可種……葵、殈、大小葱。」

後世在譌體「薤、殈」上增類母「艸」轉形爲「蠹、薤」。《玉篇·韭部》：「韰，胡戒切。葷菜也。俗作薤。」又《艸部》：「薤，胡戒切。菜似韭。亦作韰。」《類篇·艸部》：「薤，《說文》：『菜也，似韭。』或作蠹。」《禮記·內則》：「脂用蔥，膏用薤。」明李時珍《本草綱目·菜之一·薤》：「薤，本文作韰，韭類也，故字從韭、從韰，音械，諧聲也。今人因其根白，呼爲藠子，江南人訛爲莜子。其葉類葱，而根如蒜。收種宜火熏，故俗人稱爲火葱。羅願云：『物莫美於芝，故薤爲菜芝。』蘇頌復附莜子於蒜條，誤矣。」

「韰」即藠頭，別名「鴻薈、菜芝、蔥白、薤白、野藠、獅子蔥」等，植物類方藥名。爲蔥族蔥屬多年生草本百合科植物的地下鱗莖，葉細長，開紫色小花，嫩葉也可食用。成熟的藠頭個大肥厚，潔白晶瑩，辛香嫩糯，含糖、蛋白質、鈣、磷、鐵、胡蘿蔔素、維生素C等多種營養物質，是烹調佐料和佐餐佳品。乾製藠頭入藥，可健胃、輕痰，治療慢性胃炎。藠頭味辛、苦、性溫。《神農本草經·薤韭》：「薤，味辛、苦，溫，無毒。主治金創、創敗，輕身、不饑、耐老，歸骨。菜芝也。除寒熱，去水氣，溫中，散結，利病人。諸瘡中、風寒、水腫以塗之。生魯山平澤。」南朝梁陶弘景集注：「蔥、薤異物，而今共條。《本經》既無韭，以其同類故也。今亦取爲副品種數。方家多用蔥白及葉中涕，名蔥苒，無復用實者。蔥亦有寒熱，其白冷、青熱。傷寒湯不得令有青者，能消桂爲水，亦化五石，仙術所用。薤又溫補，仙方及服食家皆須之，偏入豬膏用，並不可生噉，熏辛爲忌耳。」

菫

一，煮菫（菫），以汁洒之，冬日煮其本。63／63（《五·犬筮（噬）人傷者》二）

本方中的「菫」，帛書本釋爲「莖」，並注：「莖字上應有脫字。」考注本、校釋（壹）本、補譯本、校釋本釋文從帛書本。

考注本注：「煮莖：莖字上應抄脫一字。莖當是藥名。」

孫曼之說：「疑『莖』爲『䪥』之省筆。」〔註31〕

考釋本注：「䪥——原作莖。䪥與莖上古音均耕部韻，互通。（孫曼之氏以莖乃䪥之省。）《爾雅·釋草》：『䪥，山䪥。』按，䪥即薤之古寫。山䪥即山薤（或薤白）。孫氏釋爲野韭菜，但野韭菜另爲一物，與此有異。」

校釋（壹）本注：「莖字上應有脫字，不知爲何種植物。治狂犬病諸單方中，《外臺秘要》有『故梳韭根各二枚，水二升，煮一升，頓服』的記載，《簡便方》有『服韭汁一盞，隔七日又一盞，四十九日共服七盞』治法。故疑本方爲韭莖，冬日用韭根。《資生方》亦有『飲韭菜自然汁，以汁封灸瘡』治狂犬病的記載。」

補譯本注：「莖：某藥物的莖，原文在莖前應有脫字，參《五十二病方》329 行，『夏日取菫葉』，其脫文內容爲季節性藥物。」

校釋本注：「莖：疑爲韭莖。孫曼之（1990）指出，疑『莖』爲『䪥』之省筆。《爾雅·釋草》：『䪥，山䪥。』邢昺疏：『葉似韭生山中者名䪥。』在治療狂犬病的醫方中，《千金要方》卷二十五載猘犬毒方：『用韭根、故梳二枚，以水二升，煮取一升，頓服。』《資生方》亦有『飲韭菜自然汁，以汁封灸瘡』治狂犬病的記載。帛書整理小組指出，『莖』字上應有脫字。」

集成本改釋爲「菫（菫）」，並注：「菫，原釋文作『莖』，此從陳劍（2010）釋。原注：莖字上應有脫字。陳劍（2010）：『菫『讀爲『菫』。本篇『胕腨』題下 329 行（引者按：新釋文爲 339 行）：『一，夏日取菫葉，冬日取其木〈本〉……』，與此言『冬日煮其本』，正可互證。」

按：本方中的「菫」，前人有兩種釋文：帛書本釋爲「莖」，繼後各注本多從其釋。孫曼之說「莖」爲「䪥」的省形，集成本從陳劍說改釋爲「菫（菫）」，

〔註31〕孫曼之：《〈五十二病方〉箋識二則》，《中國醫史雜誌》1990 年第 2 期。

均未安。

「藭」爲兩種植物的名稱：一種爲野薑頭。上古音屬群母耕部，《廣韻‧耕韻》渠京切，今讀 qíng。《爾雅‧釋草》：「藭，山蘄。」晉郭璞注：「今山中有此菜，皆如人家所種者。」另一種爲鼠尾草。上古音屬見母耕部，《集韻‧勁韻》堅正切，今讀 jìng。《爾雅‧釋草》：「藭，鼠尾。」郭璞注：「可以染皂。」《玉篇‧艸部》：「藭，居政、其聲二切。藭，山蘄。又藭，鼠尾。可以染皂。」宋蘇頌《本草圖經》云：「鼠尾草，舊不載所出州土，云生平澤中，今所在有之。惟黔中人採爲藥。苗如蒿，夏生莖端，作四五穗。穗若車前，花有赤白二色。《爾雅》謂『藭，鼠尾』，可以染皂草也。四月採葉，七月採花，陰乾。故治痢多用之。」孫曼之所說的「藭」爲野薑頭，而非鼠尾草。

「菫」陳劍說後世寫作「堇」。「堇」今讀 jǐn，是一種可蒸食的蔬菜，並沒有用作藥物的記載。《說文‧艸部》：「堇，艸也。根如薺，葉如細柳。蒸食之，甘。从艸堇聲。」（一下）清王筠句讀：「《詩》《禮》《爾雅》皆作『堇』，省形存聲也。」

由此可知，無論是野薑頭的「藭」，還是鼠尾草的「藭」，古今都不是藥名（宋蘇頌《圖經本草》云：鼠尾草，「惟黔中人採爲藥」。），而「堇」也無藥用的記載。我們認爲當按帛書原文釋爲「菫」，即烏頭。

「菫」上古音屬群母文部，《廣韻‧眞韻》巨巾切，今音 qín，本義爲黏土。《說文‧菫部》：「菫，黏土也。从土，从黃省。𡐦、𡑢皆古文菫。」（十三下）清段玉裁注：「从黃者，黃土多黏也。會意。」《新唐書‧藩鎭盧龍傳（劉仁恭）》：「以菫土爲錢，斂眞錢。」後變音爲 jìn（《集韻‧震韻》渠吝切），指「菫草」，單名「芨」「菫」，別名「烏頭」，其主根名「草烏」，側根名「附子」。《爾雅‧釋草》：「芨，菫草。」晉郭璞注：「即烏頭也。江東呼爲菫。音斳。」清郝懿行義疏：「郭〔璞〕云：『即烏頭也。江東呼爲菫。』蓋據時驗而言，但檢《本草》，烏頭不名『芨』。」又：「齧苦菫。」郭璞注：「今菫葵也。葉似柳，子如米，汋食之滑。」郝懿行義疏：「今按：菫類有三：烏頭，一也；蒴藋，二也；菫葵，三也。此菫爲菜，『蒴藋』即下『芨，菫草』，《詩〔經‧大雅‧〕緜》正義以此爲『烏頭』，非。」〔註32〕《說文‧艸部》：「芨，

〔註32〕〔清〕郝懿行：《爾雅義疏》第 1011、1007 頁，上海古籍出版社 1983 年影印本。

菫艸也。从艸堇聲。讀若急。」（一下）《國語‧晉語二》：「（獻）公田，驪姬受福，乃寘鴆於酒，寘菫於肉。公至，召申生獻。」三國吳韋昭注：「菫，烏頭也。」

古代醫家認爲，菫草是專治蝮蛇傷的草藥。《淮南子‧說林訓》：「蝮蛇螫人，傅以和菫則愈。」漢高誘注：「和菫，野葛，毒藥。」既然烏頭能藥用治蝮蛇傷，想必治狂犬病也是極有可能的。故知本方所煮「菫」當爲烏頭葉，與《五十二病方‧蚖》第四治方的「菫」相同。

黃柃

【夕】下：以黃＝柃＝（黃芩，黃芩）長三寸⌐，合盧大如□□豆卅（三十），去皮而并冶。【□□□】□大把，搗（搗）而煮之，令68/68沸，而滜去其宰（滓），即以【其】汁淒夕下。巳（已），乃以脂【□□□】，因以所冶藥傅69/69之⌐。節（即）復欲傅之，淒傅之如前。巳（已），夕下靡。70/70（《五‧夕下》）

本方中的「黃柃」，帛書本釋爲「黃柃（芩）」，但無注釋。集成本釋文從帛書本，也無注釋。

考釋本逕改釋爲「芩」，并注：「芩——原作『柃』。柃字從木，今聲。上古音芩均侵部韻。故柃假爲芩。黃芩——見本書【原文十二】注。後『黃芩』二字衍。」

校釋（壹）本注：「黃芩：《神農本草經》稱其治『惡瘡、疽蝕、火傷。』《日華子本草》稱其『主天行熱疾，療瘡，排膿』。《梅師集驗方》載治老小火丹一方，『杵黃芩末，水調敷之。』正與本方相似。」

補譯本注：「黃柃（芩）：重抄，爲衍文。黃芩長三寸，相當於今8釐米。

校釋本注：「黃柃（芩）：藥物名。原文『黃』『柃（芩）』兩字後均有重文符號。」

按：「黃柃」《五十二病方‧諸傷》第十治方寫作「黃矜」，《武威漢代醫簡》簡15寫作「黃芩」，植物類方藥名。

關於「黃柃」有兩點需要說明：第一，考釋本認爲「柃假爲芩」，此說不確。「柃」《廣韻‧侵韻》徐林切，今音xín，《說文》無此字。《玉篇‧木部》：

「枔，才心切。木葉也。」〔註33〕然而作「木葉」解釋的「枔」，古今文獻並無用例。我們認為，「枔」從木今聲，是漢代簡帛經方文獻中「芩」字的俗體，假借之說不能成立。因為兩個字如果能構成「假借」關係，必須在同時代的文獻中都在使用，而作木葉講的「枔」，不光是同時代無用例，就是在古今文獻中都未見用例，在此條件下說它們存在假借關係，有臆說之嫌。

第二，《【夕】下》原文中接連出現兩個「黃枔」，考釋本、補譯本均說「後『黃芩』二字衍」。此說也不確。這涉及到句讀問題。「以黃枔黃枔長三寸合盧大如□□豆卅去皮而并冶」，集成本釋文作「以黃=枔=長三寸合盧大如□□豆卅去皮而并冶」。這段話前人都讀作：「以黃枔，黃枔長三寸，合盧大如□□豆卅，去皮而并冶。」其實「以黃枔」是一句完整的話，其後應該讀斷：「以黃枔。黃枔長三寸，合盧大如□□豆卅，去皮而并冶。」因為「以黃枔」，說的是「【夕】下」這個藥方用的藥主要是「黃枔」，「以」是個動詞。「【夕】下：以黃枔」，是說「治腋下病，用黃枔」。注意：《漢語大字典・木部》「枔」下未收同「芩」，〔註34〕可補：「枔，同『芩』。」

合盧

【夕】下：以黃=枔=（黃芩，黃芩）長三寸┘，合盧大如□□豆卅（三十），去皮而并冶。【□□□】□大把，搗（搗）而煮之，令 68／68 沸，而湑去其宰（滓），即以【其】汁淒夕下。巳（已），乃以脂【□□□】，因以所冶藥傅 69／69 之┘。節（即）復欲傅之，淒傅之如前。巳（已），夕下靡。70／70（《五・【夕】下》）

本方中的「合盧」，帛書本注：「合盧，藥名，未詳。」

考注本注：「合盧：藥名，未詳何物。疑為藜蘆，《肘後方》有以之為末，豬脂調塗，用治白禿蟲瘡者。」

考釋本改釋為「萏藺」，并注：「萏藺——萏（或作奄）原作合。奄與合為同源字。影匣鄰紐，談緝旁對轉。藺（或作閭），原作盧。閭與盧上古音均來

〔註33〕《宋本玉篇》第 242 頁，北京市中國書店 1983 年據張氏澤存堂本影印。

〔註34〕見《漢語大字典》第 1256 頁，四川辭書出版社、湖北崇文書局 2010 年版。

母，魚部韻。同音通假。菴藺子爲《本經》上品藥。其藥效是：『味苦，微寒，主五臟瘀血，腹中水氣，臚脹，留熱，風寒濕痹，身體諸痛。』而菴藺全草的藥用如《千金翼方》卷 20《金瘡第五》：『治折腕瘀血。』《正類本草》卷六引《廣利方》治：『瘀血不散變成疽。』」

校釋（壹）本注：「合盧：藥名，未詳。疑爲山梔子，該藥常與黃芩配伍，古方中亦有『梔子搗和水調敷之』以治火丹毒的記載。」

補譯本注：「合盧，古藥名，未詳。」

校釋本注：「合盧：即菴藺。《神農本草經》謂其『主五臟瘀血，腹中水氣，臚脹，留熱，風寒濕痹，身體諸痛』。施謝捷（1991）認爲，合當讀爲『荅』，借爲『對』，『合盧』即『對盧』。《名醫別錄》稱對盧『主治疥，諸瘡久不瘳，生死肌，除大熱，煮洗之』，爲外用藥，與本方所言相合。」

按：本方中的「合盧」即「菴藺」，考釋本說是。「合」爲「弇」字的省寫。「弇」是「奄」字的異體。《說文·收部》：「弇，蓋也。从廾从合。𢍱，古文弇。」（三上）清段玉裁注：「《〔爾雅·〕釋言》：弇，同也；弇，蓋也。此與『奄，覆也』音義同。」清朱駿聲通訓定聲：「古文從廾，從日在穴中。」「弇」是「奄」的初文，故「菴藺」初寫作「奄閭」，也寫作「庵藺」，後世增類母「艸」寫作「菴藺」。「菴」也寫作「荨」；「菴藺」也寫作「荨藺」。《玉篇·艸部》：「菴，倚廉切。菴藺，蒿也。又音諳。荨，古文。藺，呂居切。菴藺。」

「盧」同「藺」。《廣雅·釋草》：「屈居，盧茹也。」清王念孫疏證：「盧與藺同。《神農本草》云：『藺茹，味辛，寒。生代郡川谷。』陶（弘景）注：『今第一出高麗，色黃，初斷皆汁出，凝黑如漆，故云漆頭。次出近道，名草藺茹，色白，皆燒鐵爍頭令黑，以當漆頭，非眞也。葉似大戟，花黃，二月更生。』《〔太平〕御覽》引《吳普本草》云：『閭茹，一名離樓，一名屈居。葉員黃，高四五尺，葉四四相當。四月花黃，五月實黑，根黃有汁，亦同。黃黑頭者良。』盧茹、離樓，一聲之轉也。又引范子計然云：『閭茹，出武都，黃色者善。』又引《健康記》云：『健康出草盧茹。』」〔註35〕

「菴藺」可單稱「庵（菴）」，別名「崖薑、猴薑、胡猻薑、石毛薑、岩連薑、爬岩薑、石庵藺、過山龍、骨碎補、肉碎補、石碎補、飛天鼠、牛飛

龍、飛來風、飛蛾草」等，以其根寄生石上，似薑，有毛，故名。植物類方藥名。眞蕨目骨碎補科蕨類植物，呈扁平長條狀，多彎曲，有分枝，表面密被深棕色至暗棕色的小鱗片，柔軟如毛，經火燎者呈棕褐色或暗褐色，兩側及上表面均具凸起或凹下的圓形葉痕，少數有葉柄殘基及鬚根殘留。體輕，質脆，易折斷，斷面紅棕色，維管束呈黃色點狀，排列成環。全年均可採挖，除去泥沙，乾燥，或再燎去茸毛（鱗片）。其籽名「菴藺子」，也寫作「庵閭子」。其味淡、微澀，無臭。有補腎、強骨、續傷、活血，止血、止痛等功效。用於腎虛腰痛，耳鳴耳聾，牙齒鬆動，跌撲閃挫，筋骨折傷；外治斑禿，雞眼、白癜風。

宋蘇頌《本草圖經・草部・骨碎補》：「又名石毛薑。」明李時珍《本草綱目・草之九・骨碎補》：「骨碎補，《宋開寶》。〔釋名〕猴薑（《拾遺》）、胡猻薑（《志》）、石毛薑（《日華》）、石菴藺。（陳）藏器曰：『骨碎補，本名猴薑，開元皇帝以其主傷折、補骨碎，故命此名。或作骨碎布，訛矣。江西人呼爲胡猻薑，象形也。』時珍曰：菴藺，主折傷破血。此物功同，故有菴藺之名……氣味苦，溫，無毒（《大明》曰：平）。主治：破血、止血，補傷折（《開寶》），主骨中毒氣，風血疼痛，五勞六極，足手不收，上熱下冷（權），惡疾，蝕爛肉殺蟲（《大明》）。研末，豬腎夾煨，空心食，治耳鳴及腎虛、久泄、牙疼（時珍）。」清吳其濬《植物名實圖考・過山龍》：「一名骨碎補，似猴薑而色紫，有毛，雲南極多。」

注意：「藺茹」非「茹藘」。劉衡如先生曾作過考辨：「茜根與藺茹，就現存常見之資料來看，自《本草經集注》（七情畏惡）、《千金翼方》、《大觀、政和本草》以致《品匯精要》、《本草綱目》，旁及《廣韻》、《御覽》以至《植物名實圖考》，都是並列兩條，分別敍述，畏惡不同，性狀功能產地各異，從來不相牽混。」〔註36〕其說甚是。

產齊

毒烏豙（喙）者：炙【□】，歙（飲）小童弱（溺），若產齊（薺）、赤豆，而以水歙（飲）【之】。71/71（《五・毒烏豙（喙）》一）

〔註36〕劉衡如：《藺茹與茹藘異同之我見》，《中醫雜誌》1986 年第 3 期。

本方中的「產齊」，帛書本注：「產齊赤，藥名，未詳。」

考注本注：「小童溺若產齊赤：即童子便與產齊赤。產，即生。齊赤，藥名，未詳爲何物。疑爲薺苨。《日華子本草》有射罔中毒，『以甘草、藍青、小豆葉、浮萍、冷水、薺苨皆可禦』的記載。」

梁茂新說：「產齊赤」指新生兒臍帶血。〔註 37〕

校釋（壹）本注：所釋與帛書本同，且注：「產齊赤：即生薺苨，又名杏葉沙參、土桔梗。《名醫別錄》載其『解百藥毒』。《日華子本草》稱其『活蛇蟲咬，熱狂溫疾，署毒箭。』《朝野僉載》亦有用薺苨解箭毒的軼聞記錄。」

考釋本改釋爲「生薺」，並注：「生薺——原作『產齊』。產字假爲生，可參見《足臂十一脈灸經》【原文二】注。齊與薺上古音均從母，脂部韻。同音通假。薺即薺菜。爲《別錄》菜部上品藥。」

補譯本注：「『產齊赤』：齊赤，藥名，不詳；產，生，參《五十二病方》423 行注。」

校釋木釋文同帛書本，並注：「產齊赤：即生薺苨，又名杏葉沙參、土桔梗。《名醫別錄》稱其『解百藥毒』。《日華子本草》載射罔中毒，稱『以甘草、藍青、小豆葉、浮萍、冷水、薺苨皆可禦』。梁茂新（1992）認爲，產齊赤指新生兒臍帶血。」

陳劍說：原文「赤」當改釋作「尗」，即「菽」字，紅豆。〔註 38〕

集成本注：「陳劍（2010）：『赤豆』本篇第 3 行又稱『赤苔』……『產齊赤豆』似應斷讀理解爲『產齊（薺）、產赤豆』，『產』字貫其下二者而言。『產赤豆』，即新鮮赤豆。」

按：本方中的「飲小童弱若產齊赤，而以水飲☑」，爲帛書本所釋及句讀。今細看集成本新圖版，帛書原文本寫作「……歙小童弱若產齊赤豆而以水歙【之】」，其釋文、句讀應改爲：「……歙小童弱（溺），若產齊、赤豆，而以水歙【之】。」理由是：

第一，「歙」的對象祇限於「小童弱」，其後「產齊、赤豆」並非前一個「歙」的直接對象，而是後一個「歙」的對象。

〔註 37〕梁茂新：《〈五十二病方〉「產齊赤」考》，《中華醫史雜誌》1992 年第 2 期。

〔註 38〕陳劍：《馬王堆帛書〈五十二病方〉〈養生方〉釋文校讀札記》，《出土文獻與古文字研究》第五輯，上海古籍出版社 2013 年版。

第二，句中的「若」考注本釋爲「與」，云：「小童溺若產齊赤：即童便與產齊赤」；補譯本釋爲「適量」，校釋（壹）本釋爲「或，連詞」，均不準確。《五十二病方》中的「若」，在兩味以上的藥名之間多數表示選擇，相當於「或」。本方的「若」，雖然也用於「童弱」「產齊」和「赤豆」三味藥名之間，但不是選擇連詞，而是假設連詞，相當於「假如」。「若產齊、赤豆」，意爲「如果服用產齊、赤豆」。因爲本方所列的三味藥不是同時服用，而是祇選擇服用其中的一種。

第三，「產齊赤豆」是兩味藥。陳劍說：「似應斷讀理解爲『產齊（薺）、產赤豆』，『產』字貫其下二者而言。『產赤豆』，即新鮮赤豆。」其實在中醫醫典中，「赤豆」如果沒說明特殊的炮製方法，均表示「生用」，因此，「『產』字貫其下二者而言。『產赤豆』，即新鮮赤豆」之類說法略顯多餘。

「產」金文作，本義爲生產。《說文·生部》：「產，生也。从生，彥省聲。」（六下）《韓非子·六反》：「且父母之於子也，產男則相賀，產女則殺之。」《五十二病方·蛭食》：「蛭食人胻股，【即】產其中者，并黍、叔（菽）、秫（朮）三炊之。」故「產」引申爲「活、新鮮」義。

「產齊」即生薺菜，「產赤豆」即生紅豆，均爲植物類方藥名詞。考釋本說「產字假爲生」，失審未安。

「齊」即「薺」的記音字，即薺菜，別名「地菜、香薺、俞菜、辣菜、羊菜、靡草、西西、白花菜、黑心菜、禾杆菜、護生草、雞草、地米菜、菱閘菜、地丁菜、花花菜、枕頭草、淨腸草、雞心菜、菱角菜、清明菜、香田芥、雞腳菜、假水菜、地地菜、煙盒草、百花頭、山蘿蔔苗、扁鍋鏟菜」等，植物類方藥名。爲十字花科薺菜屬一、二年生草本植物。薺菜具有很高的藥用價值，有和脾、利水、止血、明目等功效，可治療產後出血、痢疾、水腫、腸炎、胃潰瘍、感冒發熱、目赤腫疼等症。《神農本草經·薺》：「薺，味甘，溫，無毒。主利肝氣，和中。其實：主明目，目痛。」南朝梁陶弘景集注：「薺類又多，此是人可食者，生葉作葅、羹亦佳。《詩》云：『誰謂荼苦，其甘如薺。』又疑荼是菜類矣。」

注意：《漢語大字典·生部》「產」條下未收「活；新鮮」義項，當據《五十二病方》補。

蕲

一，以**蕲**印其中顛。_{88/88}（《五・蚖》二）

本方中的「蕲」，帛書本注：「蕲，《史記・賈生列傳》索隱：『音介。』此處讀爲芥。中顛，頭頂正中部。按芥子泥有使皮膚紅赤發泡的作用，本方是將芥子搗爛外敷頂部的外治法。」

考注本注：「蕲，讀作芥。《史記・賈生列傳》：『細故慸蕲兮。』索隱：『音介。《漢書》作介。』中顛，頭頂正中部。全句謂將芥子搗爛敷於頭頂部位。一說蕲作薊，《廣韻》：『薊，俗作蕲。』《神農本草經》：术，一名山薊；《名醫別錄》有大、小薊。故亦可能是將薊類藥物搗爛傅於傷口頂部。」

校釋（壹）本注：「蕲：讀爲芥，當爲芥子。《名醫別錄》有搗芥子外塗，治射工（「應爲『罔』——引者注）毒氣的記載。《日華子本草》稱其『治風毒腫及麻痹，醋研傅之』。《本草綱目》稱其『消散癰腫瘀血』。」

考釋本逕改釋爲「芥」，並注：「芥——原作蕲，即薊字。芥與薊上古音均見母，月部韻。故薊假爲芥。按，薊與芥、介，在古籍中也多通用。如《史記・屈原賈生列傳》：『細故慸薊兮。』索隱：『音介』。《漢書》作『介』。按，今傳世本《漢書・賈誼列傳》『介』作『芥』。」

補譯本注：「蕲：藥名，即薊。《史記・屈原賈生列傳》：『細故慸薊兮。』索隱：『音介』。介通芥，即芥子。《馬王堆醫書考釋》：『一說蕲作薊，《廣韻》「薊，俗作蕲」。』薊類藥物較多，本方難定。」

校釋本注：「芥，芥子。《名醫別錄》有搗芥子外塗，治射工毒氣的記載。」

按：關於本方中的「蕲」，前人注釋多誤。帛書本、考注本、考釋本爲了說明「蕲」與「芥」的通假關係，都引《史記》唐司馬貞索隱爲證。《史記・屈原賈生列傳》：『細故慸薊兮，何足以疑！』司馬貞索隱：「薊，音介。《漢書》作介。張楫（揖）云：『慸介，鯁刺也。以言細紋事故不足慸介我心，故云『何足以疑』也。』」〔註39〕司馬貞所謂「薊，音介」，是注音而不是要說明「薊」通「介」，而帛書本、考注本、考釋本引用來說明「薊」通「介」、「介」通「芥」，實爲不妥。

〔註39〕〔漢〕司馬遷撰，〔南朝宋〕裴駰集解，〔唐〕司馬貞索隱、張守節正義：《史記》
第 2502 頁，中華書局 1982 年第 2 版。

我們認爲，「薊」是「薊」的異體字。「薊」爲菊科多年生草本植物。《說文·艸部》：「薊，芺也。从艸劎聲。」（一下）《爾雅·釋草》：「鉤，芺。」晉郭璞注：「大如拇指，中空，莖頭有臺，似薊。初生可食。」《說文·艸部》：「芺，艸也。味苦。江南食以下气。从艸夭聲。」（一下）《玉篇·艸部》：「薊，古麗切。芺也。薊，同上。俗。」又：「芺，烏老切。苦芺也。《說文》曰：『味苦。江南食以下氣。』又乙矯切。《爾雅》曰：『鉤，芺。』郭璞云：『大如拇〔註40〕指，中空，莖頭有臺，似薊。初生可食。』」〔註41〕《太平御覽》卷二百三十二引《玉堂閒話》：「徐、宿之界有陴湖，周數百里。兩州之莞、薊、萑、葦，迨芰荷之類，賴以資之。」雖然芥子搗爛外塗有治療射罔毒氣的功效，但此方用的是「薊」，而不是芥子。

「薊」植物類方藥名。主治療惡瘡、疥癬、金瘡、蜘蛛、蛇蠍毒等。《神農本草經·大小薊》：「大小薊根，味甘，溫。主養精保血。大薊主女子赤白沃，安胎，止吐血，鼻衄，令人肥健。」明繆希雍疏：「大薊根稟土之沖氣，兼得天之陽氣，故味甘，氣溫，而無毒。日華子：涼當是微寒。陶（弘景）云有毒，誤也。女子赤白沃血，熱所致也。胎因熱則不安，血熱妄行，溢出上竅，則吐衄。大薊根最能涼血，血熱解則諸證自愈矣。其性涼而能行，行而帶補。補血、涼血，則榮氣和；榮氣和，故令肥健也。主治參互：大薊葉得地榆、茜草、牛膝、金銀花，治腸癰腹癰、少腹癰生。搗絞汁入前四味，濃汁和童便飲，良。得炒蒲黃、櫻皮灰調汁半升，治崩中下血立瘥。又治瘀血、作暈、跌撲損傷、作痛俱生。取汁入酒，並童便服。又治惡瘡疥癬。同鹽搗署之。《藥性論》云：『大薊亦可單用，味苦，平。止崩中下血生。取根搗絞汁服半升許，立瘥。』《日華子》云：『大薊葉涼，治腸癰，腹藏瘀血，血暈，撲損。可生研酒並小便任服。惡瘡、疥癬，鹽研罨傅。又名刺薊、山牛旁。小薊根苗氣味甘，溫，微寒，無毒。其所稟與大薊皆同，得土中沖陽之氣，而兼得乎春氣者也。故主養精保血。精屬陰氣，血之所生也。甘溫益血，而除大熱，故能養精而保血也。陳藏器云：『破宿血、生新血，暴下血，血崩，出血嘔血等，絞取汁作煎，和沙糖合。金瘡及蜘蛛蛇蠍毒，服之亦佳。

〔註40〕 「栂」當爲「拇」之誤。

〔註41〕 《宋本玉篇》第248、250頁，北京市中國書店1983年據張氏澤存堂本影印。

《日華子》云：『小薊根涼，無毒。治熱毒風並胸膈煩悶，開胃下食，退熱補虛，損苗去煩。熱生研汁服。小薊力微，只可退熱，不似大薊能補養下氣。』《食療》云：『小薊根生養氣。取生根葉，搗取自然汁服一盞，亦佳；又取葉煮食之，除風熱。根主崩中，又女子月候傷過，搗汁半升服之。金瘡血不止，按葉封之；夏月熱，煩悶不止，搗葉取汁半升服，立瘥。』」

宋唐慎微《政和證類本草》卷九：「大小薊根味甘，溫。主養精保血。大薊主女子赤白沃，安胎，止吐血，衄鼻，令人肥健。五月采。陶隱居云：大薊是虎薊，小薊是貓薊，葉並多刺相似。田野甚多，方藥不復用，是賤之故。貓薊也。大薊生山谷，根療癰腫，小薊生平澤，俱能破血，小薊不能消腫也。今按：《陳藏器本草》云：小薊破宿血，止新血，暴下血，血痢，金瘡出血，嘔血等，絞取汁溫服。作煎和糖，合金瘡，及蜘蛛、蛇、蠍毒，服之亦佳。臣禹錫等謹按：《藥性論》云：大薊亦可單用，味苦，平。」

鬻

一，以青粱米爲鬻（粥），水十五而米一，成鬻（粥）五斗，出，揚去氣，盛以新瓦甕（罋），冪（幂）口以布三【口】，92/92 即封涂（塗）厚二寸，燔，令泥盡火而歠（歇）之，肩（瘠）巳（已）。93/93《五・蚖》六）

本方中的「鬻」，帛書本釋爲「鬻（粥）」，但無注釋。校釋（壹）本、校釋本、集成本釋文從帛書本。

考釋本逕改釋爲「粥」，並注：「粥——原作『鬻』（zhù，祝）。粥與鬻上古音均覺部韻。粥爲章母，鬻爲餘母，故鬻假爲粥。下同。《爾雅・釋言》：『鬻，糜也。』《經典釋文》卷二十九：『鬻，《字林》亦作粥。』《禮記・檀弓》：『饘粥之食。』孔疏：『厚曰饘，稀曰粥。』《漢書・文帝紀》：『當受鬻者』。顏注：『淖，糜也。』《爾雅義疏》：『糜者，《說文》訓糝，糝以米和羹。一曰粒也，蓋以米和羹爲糝，以米煮鬻爲糜。糜，鬻通名。故《釋名》云：「糜，煮米使糜爛也。」……上文「餬，饘，」郭（注）云「糜也。」……然則四者（指鬻、糜、餬、饘）同類而異名。稠者曰糜，淖者曰鬻，今俗語猶然也。』又《轉注正義》具連引餬、饘、鬻、糜二文。」

補譯本注:「鬻:粥的早期字,當時用陶鬲煮粥,故從粥從鬲。」

按:「鬻」是「粥」的初文,「粥」是「鬻」的省文。考釋本說「鬻假為粥」,甚誤;補譯本說「鬻:粥的早期字」,得之。《爾雅·釋言》:「鬻,糜也。」清郝懿行義疏:「鬻者,經典省作『粥』而訓『糜』。」《說文·弼部》:「鬻,鍵也。从弼米。」(三下)清段玉裁注:「弼,會意……鉉本誤衍『聲』字。」《玉篇·弼部》:「鬻,羊六切。鬻,賣也。又音祝。《說文》又音糜。」《左傳·昭公七年》:「饘於是,鬻於是,以餬余口。」唐孔穎達等正義:「稠者曰糜,淖者曰粥」《儀禮·士喪禮》:「夏祝鬻餘飯,用二鬲於西牆下。」清毛奇齡《喪禮吾說篇·重說》:「鬻,粥也。取死者養疾所餘米而熬為粥也。」《漢書·文帝紀》:「今聞吏稟當受鬻者,或以陳粟。」唐顏師古注:『鬻,淖糜也。給米使為糜鬻也。」後世省「鬲」作「粥」。《玉篇·米部》:「粥,之育切。糜也。」《集韻·屋韻》:「鬻,糜也。亦書作粥。」

考釋本引作「淖,糜也」,誤。在出土的漢代簡帛文獻中,「粥」均寫作本字「鬻」,後世釋文,不當以省文改本字。

樗

一,炙樗【□□□□□】傅疿。☑145/144+殘片3(《五·疿》二)

本方中的「樗」,帛書本、集成本無注釋。

考注本注:「樗(húa 華):《說文》:『木也。』段注:『司馬上林賦字作華,即今之樺皮貼弓者。莊子華冠亦謂樺皮為冠也。』」〔註42〕

校釋(壹)本注:「樗:通樺、檴,即臭椿。藥用取其皮,故名樗皮、樗白皮。《雷公炮製藥性解》稱其『入心、肝、脾三經』,《現代實用中藥》稱其『又治神經痛』。」

考釋本注:「樗(huá,華)——《說文·木部》:『樗,木也。』《說文外

〔註42〕考注本此段注文出現諸多錯誤:第一,「樗」字的拼音既不合拼寫規則,聲調又誤,應為 huà。第二,引文錯漏,標點錯亂,張冠李戴。段玉裁注原注為:「司馬〔相如〕《上林賦》字作華,(顏)師古曰:『華即今之樺,皮貼弓者。』《莊子》『華冠』,亦謂樺皮為冠也。」見〔清〕段玉裁《說文解字注》第244~245頁,上海古籍出版社1988年版。

編》卷十三『樺』字條云：『《說文》木部無樺字。』『樗，木也。』以其皮裹松脂。〔註43〕……即樺字。又通作華。《說文繫傳》：『此即今人書樺字。』又按《說文》一本作『樗（chū 初）』。《說文古本考》：『蓋即今之臭椿。』《本草綱目》卷三十五上：『椿樗』條：『臭者名樗。……亦作樗。……樗字從虖，其氣臭，人呵嘑之也。樗亦椿音之轉爾。』」

補譯本注：「炙樗：《說文・木部》：『樗，樗木也，以其皮裹松脂，從木，虖聲』。由此推之，指松木流脂的地方，此處含油很高，『炙樗』當是取松節之木烤炙熱後，作用於患病部位。」

校釋本注：「樗：同『樗』『樗』，即臭椿。用其皮入藥，名叫樗皮、樗白皮。《雷公炮製藥性解》稱其『入心、肝、脾三經』。《攝生眾妙方》卷七猶『樗樹根丸』，用於治療婦人赤白帶下，經濁淋漓，及男子夢遺泄精，少食體倦。」

按：本方中的「樗」，前人有三種解釋：一說爲「樺皮」，一說「通樗、樗，即臭椿」，一說爲「松節之木」。

「樗」爲「樺」的初文，本義爲樺樹。《說文・木部》：「樗，木也。從木虖聲。」（六上）〔註44〕清段玉裁改爲：「樗，樗木也。目其皮裹松脂。從木虖聲。讀若萼。」並注：「《釋木》：『樗，落。』郭云：『可以爲杯器素。』按：《〔詩經・〕小雅〔・大東〕》：『薪是獲薪。』〔鄭玄〕箋云：『獲、落，木名也。』陸〔德明〕云：『依鄭則字宜從木旁。』樗、樗古今字也。司馬〔相如〕《上林賦》字作華，〔顏〕師古曰：『華即今之樺，皮貼弓者。』《莊子〔・讓王〕》『華冠』，亦謂樺皮爲冠也。樺者，俗字也。」依段玉裁注，「樗、樗古今字」、「樺者，俗字」，則「樗」「樗」「樺」爲異體字。《爾雅・釋木》：「樗，落。」晉郭璞注：「可以爲杯器素。」清郝懿行義疏：「《說文》：『樗，木也。目其皮裹松脂。從木虖聲。讀若萼。』（舊本樗、樗二篆互譌，今從段本。）或作『樗』。〔徐鍇〕繫傳云：『此即今人書「樺」字。今人以其皮卷之然以爲燭。裹松脂，亦所以爲燭也。』按：樺燭謂此。其皮即煖皮，緻密軟溫。今人以裹鞍及弓靶者是也。《詩〔經〕》：『薪浸獲薪。』鄭箋：『獲、落，木名也。』正義引某氏曰：『可作杯圈。皮韌繞物不解。』陸璣疏云：『梛榆也。其葉如

榆，其皮堅韌。剝之，長數尺，可爲綯索，又可爲甌帶。其材可爲杯器。』《漢書·司馬相如傳》云：『畾落胥邪。』郭〔璞〕注：『落，檴也。中作器素。』與此注同。素，謂朴也。」〔註45〕從段玉裁注和郝懿行義疏中可以看出，前人對「檴」與「檴」的關係是不很清楚的。〔註46〕

「檴」今音 huò，本義爲「梛榆」（也寫作「榆梛」），與樺木不同種，但「檴」又音 huà，與「樺」同。《說文》無「樺」字。《玉篇·木部》：「樺，胡化切。木皮可以爲燭。又戶瓜切。」「檴」與「樺」爲異體字，而與「樗」毫無關係。但在古籍中，「檴」「樗」常常互譌。如《玉篇·木部》：「檴，敕於切。惡木也。」〔註47〕就錯把「檴」當成「樗」了。對此段玉裁在《說文》「樗」字下注云：「各本『樗』與『檴』二篆互譌，今正。《毛詩音義》《爾雅音義》《五經文字》可證也。」

本方之「檴」特指樺樹皮。「炙檴」，指將樺樹皮燒成灰，與某種（些）藥粉或某種油調和，用以敷治癩瘡。

蒜

一，亨（烹）葵，熱歎（歐）其汁，即【□】□蒜（蒜），以多爲故，而【□□】尻厥。₁₈₄／₁₇₁（《五·痒病》十二）

本方中的「蒜」，帛書本釋爲「隸」，但無注釋。考注本、校釋（壹）本、校釋本釋文從帛書本，也無注釋。

補譯本注：「隸：《說文》：『隸，附著也。』指將某物附著與某物之上。此處可轉釋貼敷。前缺二字，參 87 行：『飲其汁以滓封痔』句式，又參後文之尻，試補『滓脽』，即將葵滓趁熱貼敷在臀部，貼敷的量『以多爲故』。」

集成本改釋爲「蒜（蒜）」，並注：「蒜，原釋文作『隸』，此從陳欣（2010）釋。劉欣（2010：62）：《雜療方》有此字，周一謀、蕭佐桃（1989：334-335）疑爲『蒜』字，郭永秉（2008）認爲『蒜』從二『柰（祟）』。據此，將『蒜』

〔註45〕〔清〕郝懿行：《爾雅義疏》第 1066～1067 頁，上海古籍出版社 1983 年影印本。

〔註46〕《漢語大字典》「檴」字釋文：「同『檴』。」也未解釋清楚「檴」與「檴」的關係。
　　　　見《漢語大字典》第 1371 頁，四川辭書出版社、湖北崇文書局 2010 年版。

〔註47〕《宋本玉篇》第 230 頁，北京市中國書店據張氏澤存堂本影印。

釋爲『蒜』是無疑義的。關於蒜與葵配伍治淋之例，《本草綱目》卷十六云：『食葵須用蒜，無蒜勿食之。』《丹溪醫集・脈因證治》卷上第十九淋證有『發灰散』，服用時『或加葵子，甘遂，加大蒜搗餅，安臍心令實，著艾灸三十壯，治小便不通。』」

按：今細看集成本新圖版，「㦿」帛書原文本寫作「㦿」，「祘」上的「艸」雖略顯模糊，但還能看得出就是「蒜」字。帛書本釋爲「隸」，集成本改釋爲「㦿（蒜）」，均未安。

「蒜」即大蒜，西漢時從西域引進。「山蒜」俗稱「小蒜」，是我國本土家種的蒜。《爾雅・釋草》：「蒚，山蒜。」《說文・艸部》：「蒜，葷菜。从艸祘声。」（一下）《玉篇・艸部》：「蒜，蘇亂切。葷菜也。俗作蒜。葫，戶都切。大蒜也。」《急就篇》：「芸薹、薺芥、茱萸香。」唐顏師古注：「蒜，大小蒜也。皆辛而葷。」漢延篤《與李文德書》：「折張騫大宛之蒜，歃晉國郇瑕之鹽。」

「蒜」別名「葫」「胡蒜、蒜頭、大蒜頭」等，類植物方藥名。百合科蔥屬半年生草本植物，春、夏採收，紮把，懸掛通風處，陰乾備用。古有「種蒜不出九（月），出九長獨頭」的諺語。「蒜」鱗莖可入藥。味辛、甘，性溫。有解毒殺蟲，消腫止痛，止瀉止痢，治肺驅蟲，溫脾暖胃等功效。治癰疽腫毒，白禿癬瘡，痢疾泄瀉，肺癆頓咳，蛔蟲蟯蟲，飲食積滯，脘腹冷痛，水腫脹滿等病症。元朱震亨《丹溪醫集・脈因證治》卷上第十九治療淋證有「發灰散」，云：服用時「或加葵子、甘遂，加大蒜搗餅，安臍心，令實，著艾灸三十壯，治小便不通。」

薊

○戴糝（糙－糝）、黃芩、白薊（薂），皆居三日，旦【□□□□□】爲□【□□】雖□【□□□□□□□□□】₃₀₄/₂₉₀+₂₉₈之，令汗出到足，巳（已）。₃₀₅/₂₉₁《五・睢（疽）病》十）

本方中的「薊」：帛書本釋爲「薊（薂）」，但無注釋。考注本、校釋（壹）本、補譯本、校釋本、集成本釋文從帛書本，也無注釋。

考釋本逕改釋爲「薂」，並注：「薂——原作菭（薓）。薂與菭上古音均談

部韻。疊韻通假。」

按：本方中的「薊」，帛書本釋爲「薊（薟）」，考釋本逕改釋爲「薟」，且認爲：「薟，原作茈（薟）。薟與茈上古音均談部韻。疊韻通假。」考釋本錯誤有二：第一，帛書本釋文本作「薊」，而非「茈」字；第二，「茈、薟」爲異體字，而非「疊韻通假」字。

「薟」的初文作「薟」，上古音屬來母談部，《廣韻‧琰韻》良冉切，今音 liǎn，本義爲白薟，或更換聲母「薟」轉形爲「薟」。《說文‧艸部》：「薟，白薟。从艸僉聲。薟，薟或从斂。」（一下）《玉篇‧艸部》：「薟，力檢切。白薟也。薟，同上。」《漢語大字典》「薟」條注「後作『薟』」，﹝註48﹞不確。《詩經‧唐風‧葛生》：「葛生蒙楚，薟蔓于野。」唐孔穎達等正義引晉陸璣義疏：「薟似栝樓，葉盛而細。其子正黑如燕薁，不可食也。幽州人謂之烏服。其莖葉煮以哺牛，除熱。」再更換聲母「斂」轉形爲「薟、薊、薟」。《玉篇‧艸部》：「薊，居欠切。薊草。時人取根，呼爲蜀夜干，含治喉痛。」《正字通‧艸部》：「薟，方書皆作薟，俗从『欠』作『薟』。」

本方的「薊」改從「劍」聲，也是「薟」的異體字。注意：《漢語大字典》未收「薟」「薊」二字，應據《五十二病方》補。

著若

爲藥漿（漿）方：取菌莖乾冶二升，取₂₆₃／₂₅₀**著（藷）若（蔗）汁二斗以漬之，以爲漿（漿），歓（飲）之，病巳（已）而巳（已）」。**₂₆₄／₂₅₁（《五‧牝痔》五）

本方中的「著若」，帛書本釋爲「著（署）芅（蒣）」，並注：「署蒣，應即署蕷，見《神農本草經》，今名山藥。」考注本注同帛書本。

校釋（壹）本注：「署蒣：即署蕷，今名山藥，有補脾、益氣、除熱之功效。」

考釋本改釋爲「署瓜」，並注：「署——原作著，省文。瓜——原作芅。瓜與芅上古音均見母，魚部韻。同音通假。『署瓜』應即薯蕷，今名山藥。《本經》：『署預，味甘溫。主傷中，補虛羸，除寒熱邪氣，長肌肉……一名山芋。』」

﹝註48﹞《漢語大字典》第 3553 頁，四川辭書出版社、湖北崇文書局 2010 年版。

校釋本注：「署蕷：即署蕷，又名山藥。《神農本草經》稱其『主傷中，補虛羸，除寒熱邪氣，補中益氣力，長肌肉。久服，耳目聰明，輕身不飢，延年。』」

集成本改釋爲「著（藷）若（蔗）」，並注：「『著（藷）若（蔗）』二字，原釋文作『署（署）芏（蓏）』，此從陳劍（2010）釋……陳劍（2010）：『著若』即甘蔗。甘蔗本稱『蔗』，字或作『柘』。《楚辭·招魂》：『腼鼈炮羔，有柘漿些。』王逸注：『柘，薯蔗也。……柘，一作蔗。』《漢書·禮樂志》在郊祀歌：『百末旨酒布蘭生，泰尊柘漿析朝酲。』顏師古注引應劭曰：『柘漿，取甘柘汁以爲飲也。』『若』與『柘』俱從『石』聲，『若』以『艸』爲意符，應該就是『蔗』字異體。《說文》艸部：『藷，藷蔗也。』段玉裁注：『（藷蔗）或作諸蔗，或都蔗。諸、蔗二字疊韻也。』……帛書此『著』字也應視爲『藷』字異體。」

按：本方中的「著（藷）若（蔗）」，帛書本釋爲「署（署）芏（蓏）」，即署蕷，今名山藥。考釋本改釋爲「署瓜」，亦訓爲署蕷。集成本從陳劍說改釋爲「著（藷）若（蔗）」，即甘蔗。集成本訓爲甘蔗是，但釋形有誤。今細看集成本新圖版，帛書原文本寫作「**著芏**」，應是「著蔗」，不過兩個字都寫得很不規範。「藷」寫掉了左下的「言」，變成了「著」；「蔗」則少寫了下面「灬」，變成了「芏」。

陳劍說「『若』與『柘』俱從『石』聲，『若』以『艸』爲意符，應該就是『柘』字異體」，其說不確。甘蔗漢代以前單稱「柘、藷、蔗」，漢代複音化後稱「藷蔗」，但沒有「薯蔗」的說法。《楚辭·屈原〈招蒐〉》：「腼鼈炮羔，有柘漿些。」漢王逸注：「柘，藷蔗也。言復以飴蜜腼鼈炮羔，令之爛熟，取藷蔗之汁爲漿飲也。或曰：血鼈炮羔，和牛五藏爲羔臛，鶩爲羹者也。柘，一作蔗。」〔註49〕王逸注以雙音詞「藷蔗」釋單音詞「柘」，說明「柘」在漢代口語中已說「藷蔗」，漢代以後則改稱「甘蔗」，而陳劍誤引、或集成本誤轉引成「薯蔗」。

「藷」上古音屬章母魚部，《廣韻·魚韻》章魚切，今音 zhū，本義爲甘蔗。《說文·艸部》：「藷，藷蔗也。從艸諸聲。」清段玉裁注：「（藷蔗）或作『諸

蔗』，或『都蔗』。藷、蔗二字疊韻也。」《玉篇·艸部》：「蔗，之夜切。甘蔗也。藷，之餘切。藷蔗也。」《廣韻·魚韻》：「藷，藷蔗，甘蔗。」本方的「藷」並非「薯蕷」之「儲」，〔註50〕而是「藷蔗」之「藷」。「著蔗汁」即「藷蔗汁」，即今謂「甘蔗汁」。

厚柎

一，闌（爛）者，爵〈壽（擣）〉藥米，足（捉）取汁而煎，令類膠，即冶厚柎，和，傅。₃₁₇/₃₀₇（《五·火闌（爛）者》二）

本方中的「厚柎」，帛書本注：「厚柎，即厚樸，見《神農本草經》，但無治火傷的記載。」集成本注同帛書本。

考注本注：「厚柎：疑即厚樸。《名醫別錄》言其『溫中益氣，消痰，下氣，療霍亂及腹痛脹滿……泄痢』。後世多用於煎湯內服，不見外用。此處說明西漢以前厚樸又是用於外敷的。」

校釋（壹）本注：「厚柎：即厚樸。《神農本草經》稱其治『氣血痹，死肌』。」

考釋本注：「厚柎——柎疑爲樸字之形訛。厚柎應即厚樸。爲木蘭科植物厚樸的樹皮或根皮。《本經》：『味苦，溫。主中風，傷寒，頭痛、熱寒，驚悸，氣血痹，死肌，去三蟲。』根據藥理試驗，厚樸對於多種細菌如肺炎球菌、白喉桿菌、溶血性鏈球菌，金黃色葡萄球菌……等均有抑菌作用。」

校釋本注：改釋爲「厚柎（樸）」，並注：「厚樸：藥物名。《神農本草經》稱其『主中風，傷寒，頭痛，熱寒，驚悸，氣血痹，死肌，去三蟲。』」

按：本方中的「厚柎」，帛書本說「即厚樸」，繼後各注本均從其釋。「柎」上古音屬幫母侯部，《廣韻·虞韻》甫無切，今音 fū；「朴」上古音屬滂母屋部，《廣韻·覺韻》匹角切，今音 pò。古無脣齒音，二字上古讀音相近，故「柎」通「朴」。「厚柎」，《養生方·☐巾》寫作「后柎」（「燔后（厚）柎（朴）₉₆/₉₆」），即「厚朴」。

關於「厚朴」之「朴」，帛書本、考注本、校釋（壹）本、考釋本、集成

〔註50〕《玉篇·艸部》：「薯，音署。薯蕷，藥。蕷，音預。薯蕷。」《廣韻·魚韻》：「藷，薯預別名。」

本均寫作「樸」，甚誤。「朴」爲樹皮，「樸」則是未加工成器的木材，二字本義、讀音均不同。「厚朴」之「朴」祇能寫作「朴」。《說文·木部》：「朴，木皮也。從木卜聲。」（六上）《漢書·司馬相如傳》：「亭奈厚朴。」唐顏師古注：「張揖曰：『厚朴，藥名。』朴，木皮也。此藥以皮爲用，而皮厚，故呼曰『厚朴』云。」

　　「厚朴」別名「赤朴、紫朴、溫朴、紫油朴、烈赤」等，植物類方藥名。木蘭科木本植物，葉倒卵形，多集生枝頂，初夏開花，花白而香。皮味苦辛，性溫，可入藥。有行氣化濕、溫中止痛、降逆平喘等功效。主治胸腹脹滿、瀉痢、痰飲、哮喘等病症。《急就篇》：「弓窮、厚朴、桂、栝樓。」唐顏師古注：「厚朴，一名厚皮，一名赤朴。凡木皮皆謂之朴。此樹皮厚，故以厚朴爲名。」《神農本草經·厚朴》：「厚朴味苦，溫，大溫，無毒。主中風傷寒，頭痛寒熱，驚悸，氣血痺，死肌；去三蟲，溫中，益氣，消痰，下氣；療霍亂及腹痛脹滿，胃中冷逆，胸中嘔不止，洩痢淋露，除驚，去留熱、心煩滿，厚腸胃。」明李時珍《本草綱目·木之二·厚朴》：「其木質朴而皮厚，味辛烈而色紫赤，故有厚朴、烈赤諸名。」

秣

　　一，頤癰者，冶半夏一，牛煎脂二，醯六，并以鼎【□□□】如□秣，以傅。勿盡傅，圜一寸，_{388 / 378}乾，復傅之，而以湯酒去藥，已（已）矣。_{389 / 379}（《五·癰》八）

　　本方中的「秣」，帛書本釋爲「秣」，並注：「秣，疑讀爲麼。此句大意是用鼎將藥物煮成粥麼狀。」考注本、校釋（壹）本、考釋本、補譯本釋文從帛書本。

　　考注本注：「秣：疑讀爲麼。當是指熬成粥狀糊糊。」

　　校釋（壹）本注：「秣：帛書整理小組疑讀爲麼。這一句大意是用鼎將藥物煮成粥麼狀。一說，媄同秣。《改併四聲篇海·米部》引《龍龕手鑒》：『秣，音米。』」

　　考釋本注：「秣——秣字不見《說文》《玉篇》等古字書。秣字從米，禾聲，禾與麼字上古音均歌部韻，禾爲匣母，麼爲明母，故爲麼字之假。即粥麼。」

補譯本注：「秣：從米從禾，古字詞書中不見。《五十二病方》依鼎疑爲麋。各家從之。」

廣瀬薰雄改釋爲「秣」，並注：「粞，〔註51〕當釋爲『秣』。秣字見《說文・弼部》，是『鬻』字的或體。鬻，《說文》云：『涼州謂鬻爲鑞。』」〔註52〕

校釋本改釋爲「秣（鬻）」，並注：「秣，原釋文爲『秣』。廣瀬薰雄（2012）據新圖版改正。其說可從。秣，即鬻（粥）的異體。《說文・弼部》：『鬻，涼州謂鬻爲鑞。秣，鑞或省从末。』」

集成本也改釋爲「秣」，並注：「今按：秣字見《說文・弼部》，是鬻字的或體。鬻，《說文》云：『涼州謂鬻爲鑞。』」

按：本方中的「秣」，帛書本釋爲「秣」，並注：「疑讀爲麋。」廣瀬薰雄改釋爲「秣」，校釋本、集成本從其釋。但校釋本誤解了廣瀬薰雄的意思，因爲廣瀬薰雄不曾說過「秣，即鬻（粥）的異體」，祇說「秣」是「鬻」的或體。今細看集成本新圖版，「秣」帛書原文本寫作「秣」，其右之「末」略有殘缺。「秣」非「鬻」字異體，而是「鑞」字的異體，校釋本誤；考釋本說秣「爲麋字之假」，甚誤。

「鬻」上古音屬明母月部，《廣韻・屑韻》莫結切，今音 miè，本義爲粥類。《說文・弼部》：「鬻，涼州謂鬻爲鑞。从鬻糵聲。秣，鑞或省从末。」〔註53〕《廣雅・釋器》：「秣，饘也。」《玉篇・弼部》：「鬻，亡達、亡結二切。涼州謂鬻爲鑞。或作秣。」又《米部》：「秣，亡達、亡結二切。麋也。《說文》作『鬻』。」《廣韻・屑韻》：「秣，麋也。又亡達切。鬻，同上。」《篇海類編・器用類・鬻部》「鬻，或作鑞。」清桂馥《札樸・鄉里舊聞・麩糊》：「沂州南境，以大豆大麥細屑爲鬻，謂之麩糊。案：字當作鬻鬻。」

本方之「如□秣」，意爲：（熬成）像□粥一樣。注意：《漢語大字典》「秣」條下引例祇有字書例證而無別的文獻例證，〔註54〕當據《五十二病方》補。

〔註51〕「粞」帛書本釋文作「秣」，〔日〕廣瀬薰雄引誤。見《文史》第九九輯第 80 頁，中華書局 2012 年版。

〔註52〕〔日〕廣瀬薰雄：《〈五十二病方〉的重新整理與研究》，《文史》第九九輯，中華書局 2012 年版。

〔註53〕見〔漢〕許慎、〔宋〕徐鉉等校定《說文解字》第 63 頁，中華書局 1963 年版。

〔註54〕見《漢語大字典》3351 頁，四川辭書出版社、湖北崇文書局 2010 年版。

榆皮白

一，貳（蠈）食（蝕）齒，以榆皮、白□、美桂，而并【□□□】□傅空（孔），薄☐_{417/407}（《五·蟲蝕》九）

本方中的「榆皮白」，帛書本將「白」字連下「□」讀，並注：「榆皮，見《神農本草經》。」繼後各注本均從其句讀。

考注本注：「榆皮：《名醫別錄》：『治小兒頭瘡痂疕。』《日華子本草》：『搗涎，傅鮮瘡。』」

校釋（壹）本注：「榆皮：即榆白皮。」

考釋本注：「榆皮——爲榆科植物榆樹樹皮或根皮的靭皮部。《本經》：『榆皮，味甘平。主大小便不通，利水道，除邪氣。』白Ｘ——藥名，不詳。」

補譯本注：「榆皮：《名醫別錄》：『榆皮，治小兒頭瘡痂疕』缺一字尚志鈞補：『莖』」

校釋本注：「榆皮：即白皮。《名醫別錄》谓其『治小兒頭瘡痂疕』。《日華子本草》稱其『搗涎，傅鮮瘡』。白□：藥物名。據文意，當釋爲『白莖』。」

按：「榆」在《五十二病方》中也稱「隱夫木」。《瘧病》第二十四治方：「女子瘧：煮隱夫木歓之。居一日，炙（齏）陽□，羹之。」「榆皮白□」，帛書本「白」後的「□」無釋文，卻認爲「白□」是另一味中藥，故分別與前的「榆皮」和後面的「美桂」並列，讀爲「榆皮、白□、美桂」，繼後各注本均從其句讀。尚志鈞認爲「白□」之「□」當補「莖」，繼後補譯本補、校釋本從其說。我們認爲「榆皮白」和「美桂」是兩味藥，而不是三味藥，其中「□」當補連詞「及」字，即「榆皮白及美桂」。「榆皮白」的構詞法與《蟲蝕》第七治方的「豬肉肥者」同。「豬肉肥者」，即肥的豬肉；「榆皮白（者）」，則是白的榆樹皮。

飯米麻

治庮甖□□□言方术方風細辛薑桂付子蜀椒桔梗凡八物各二兩并冶合和以方寸匕先餔飯米₈麻飲藥耳₉（《武》簡一）

本方中的「餔飯米麻」，醫簡本注：「『先餔飯米麻』，『麻』用作『糜』，意即謂飯前以粥下藥。」

注解本注：「先餔飯米麻飲藥：餔，《說文》：『申時食也。』段玉裁注：『引伸之意，凡食皆曰餔，又以食食人謂之餔。』飯，《說文》：『食也。』段玉裁注：『此燔之本意也，引申之所食爲飯。』故餔飯即與食也。米麻，米，粟實也，見《說文》。今俗稱『小米』。麻，『糜』的通假字。糜，《說文》：『糝糜也。』段玉裁注：『以米和羹謂之糝，專用米粒之謂之糝糜，亦謂之鬻，亦謂之饘。』故米麻即小米粥。」

校釋本改釋「麻」爲「麻（糜）」，並注：「先餔飯米麻飲藥：飯前用米粥送藥。餔飯，進食。《說文・食部》：『餔，日加申時食也。』段玉裁注：『引伸之義，凡食皆曰餔，又以食食人謂之餔。』米糜，即米粥。耳，位於句末，當爲語氣詞，劉立勳（2012）指出，此處『耳』應該讀爲『餌』，指藥物。」

按：「餔」上古音屬幫母魚部，《廣韻・模韻》博孤切，今音 bū，本義爲申時食，即夕食。古人食兩餐，「申時食」即下午四至五點食第二餐。《說文・食部》：「餔，日加申時食也。从食甫聲。䭏，籀文餔从皿浦聲。」（五下）唐玄應《一切經音義》卷十四引《三蒼》曰：「餔，夕食也。」《莊子・盜跖》：「盜跖乃方休卒徒大山之陽，膾人肝而餔之。」唐陸德明釋文：「餔，《字林》云：『日申時食也。』」引申爲泛指喫飯。《說文》「餔」清段玉裁注：「引伸之義，凡食皆曰餔，又以食食人謂之餔。」《廣雅・釋詁二》：「餔，食也。」《管子・度地》：「一日把，百日餔。」「餔」或更換類母「食」和聲母「甫」轉形爲「䭏」。《說文》同部重出字有「䭏」字。《玉篇・食部》：「餔，補胡切。日加申時食也。亦作哺、䭏。」但傳世文獻未見用例。

「飯」注解本、校釋本明確說「餔飯即與食」「餔飯，進食」，其說不確。「飯」的本義爲喫飯（動詞）。《說文・食部》：「飯，食也。从食反聲。」（五下）清段玉裁注：「食之者，謂食之也。此飯之本義也。」《論語・述而》：「飯疏食，飲水，曲肱而枕之，樂亦在其中矣。」引申爲喫的食物，多指米飯。《說文》「飯」段玉裁注：「引伸之，所食爲飯。」《玉篇・食部》：「飯，扶晚切。餐飯也。又符萬切。食也。」《廣韻・願韻》：「飯，《周書》云：『黃帝始炊穀爲飯。』」《洪武正韻・諫韻》：「飯，炊穀熟曰飯。」《墨子・備城門》：「爲卒乾飯，人二斗，以備陰雨。」

「糜」上古音屬明母歌部，《廣韻・支韻》靡爲切，今音 mí，本義爲稠粥。《說文・米部》：「糜，糝也。从米麻聲。」（七上）清段玉裁注：「以米和羹

謂之糜，專用米粒爲之謂之糝糜，亦謂之鬻。」《釋名‧釋飲食》：「糜，煮米米使糜爛也。」《禮記‧月令》：「（仲秋之月）是月也，養衰老，授幾杖，行糜粥飲食。」「糜」從「麻」得聲，在本方書寫者用聲母記音。

前人認爲，本方中的「飯」連「餔」字讀，以爲「餔飯」是一個詞，表示喫，其說誤。我們認爲，「飯」當連「米」讀。「飯米」即粳米，今西南官話仍稱不黏的粳米爲「飯米」，稱黏的米爲「糯米」。「飯米麻」即「飯米糜」，今俗稱飯米粥，簡稱「米粥」或「粥」。

「先餔飯米麻（糜），飲藥耳」，醫簡本、校釋本說「謂飯前以粥下藥」或「飯前用米粥送藥」，其說均未安。應爲：在服藥前，先喫些粳米粥，再服湯藥。

蒩莖

爲藥漿（漿）方：取蒩莖乾冶二升，取 $_{263/250}$ **著（諸）若（蔗）汁二斗以漬之，以爲漿（漿），歓（飲）之，病巳（已）而巳（已）」**。青蒿者，荆（荊）名曰【萩】。蒩者，荆（荊）名曰盧茹 $_{264/251}$，其葉可亨（烹），而酸，其莖有剌（刺）。●令。 $_{265/252}$ 《五‧牝痔》一）

本方中的「蒩莖」，帛書本注：「盧茹，疑係茹盧之倒，與下四一二行茹盧本同物，即茜草（《神農本草經》名茜根）之別名。」

裘錫圭《馬王堆醫書釋讀瑣議》說：「251 行『蒩者，荆名曰盧茹』，〔注7〕：『盧茹，疑係茹盧之倒，與下 412 行茹盧本同物，即茜草（《神農本草經》名茜根）之別名。』（55 頁）今按：盧茹之名見於古籍。《廣雅‧釋草》：『屈居，盧茹也。』『蒩』與『屈居』疑由一名分化（屈居之名亦見《五十二病方》413 行）。盧茹，《本草》作『藺茹』，謂『主蝕惡肉、敗創、死肌，殺疥蟲，排膿惡血，除大風熱氣』。251 行所屬的病方是治痔的，正應該使用這種藥。《帛書》注釋之說似非。」〔註55〕

校釋（壹）本正文作「乾」，注文作「乹」，並注：「蒩莖乹：茜草莖乹，今四川仍以茜草老莖與根一同入藥。《日華子本草》稱其治腸風下血，杜文燮《藥鑒》亦稱其治痔漏的功效。」

〔註55〕見裘錫圭《古文字論集》523 頁，中華書局 1992 年版。

考釋本注:「藋（gú 骨）莖——本條醫方中的藋莖（即『藋』）一藥名稱不見於傳世古本草中。就爲何物，祇能從本條最末四句話中進一步找尋解答線索。也即:『藋者，荆名曰盧茹，其葉可烹，而酸。』而對於這四句話的理解，又有兩種不同意見。第一意見是李學勤先生和著者在 1979 年出版的《五十二病方》一書注解中提出的。即盧茹係茜草的主張。原文是:『盧茹，疑似茹盧之例。與下 412 行茹盧本同物，即茜草。（《神農本草經》名茜根）之別名。』（見該書 P.89）第二種意見是裘錫圭先生提出的。即盧茹係藺茹的主張。原文是:『盧茹之名見於古籍。《廣雅·釋草》:「屈居，盧茹也。」藋與屈居疑由一名分化。（屈居之名亦見《五十二病方》413 行。）盧茹，《本經》作藺茹。』（湖南中醫學院學報 1987，4.)」

校釋本注:「藋者，荆名曰盧茹:荆楚地區稱藋爲盧茹。《廣雅·釋草》:『屈居，盧茹也。』屈居，疑爲『藋』字的分音。盧茹應爲《神農本草經》中的『藺茹』，並謂其『主蝕惡肉、敗創、死肌，殺疥蟲，排膿惡血，除大風熱氣』。整理小組認爲，盧茹爲『茹盧』之倒文，即茜草根。《名醫別錄》成茜根『一名茹盧』。」

集成本注:「原注:盧茹，疑係茹盧之倒，與下四一二行茹盧本同物，即茜草（《神農本草經》名茜根）之別名。尚志鈞（1984：48）:《廣雅·釋草》云:『屈居，盧茹也。』《吳普本草》云:『藺茹，一名屈居。』《名醫別錄》云:『藺茹，一名屈據。』則屈居、藋、屈據、盧茹、藺茹皆同物別名也。按:《武威漢代醫簡》第 69 簡云:『鼻中當腐血出若膿出去死肉，藥用代盧茹……。』『代盧茹』即代地所產的盧茹。《名醫別錄》謂藺茹出代郡，與 69 簡代盧茹義合……按《本經》謂藺茹主蝕惡肉，《別錄》謂藺茹除惡肉，《醫簡》有盧如治鼻中腐血出若膿，《千金方》有用藺茹膏治疥瘙等，皆與《病方》屈居治痔、乾騷義合。」

按:茜草急言爲「藋」，緩言爲「屈居（屈據）」「盧茹、藺茹」。與《五十二病方·痔病》第二十四治方「隱夫木」的構詞相同。又順言爲「盧茹」，逆言爲「茹盧」。下文說「藋者，荊（荆）名曰盧茹」，說明荆楚人說話緩慢些。

「藘茹」古代有單音複音之稱，或單說「茜」。《說文·艸部》:「茜，茅蒐也。從艸西聲。」（一下）《漢書·貨殖傳》:「若千畝卮茜，千畦薑韭，此其人皆與千戶侯等。」唐顏師古注引三國魏孟康曰:「茜草，卮子可用染也。」

　　「茜」更換聲母轉形爲「蒨」。《爾雅・釋草》：「茹藘，茅蒐。」晉郭璞注：「今之蒨也，可以染絳。」唐陸德明釋文：「蒨，本或作茜。」郝懿行義疏：「茜與蒨同。」鍾如雄說：「『茜』從艸西聲，更換聲母『西』轉注爲『蒨』。今四川省瀘州市有地名『茜草壩』，也寫作『蒨草壩』，因其地多生茜草而得名。」又『茜』更換聲母作『蒨』。《玉篇・艸部》：『茜，此見切。《說文》曰茅蒐，可以染絳。蒨，同上。』《大字典》引作『蒨，同茜』，非原文。再更換聲母作『蒨』。《玉篇・艸部》：『蒨，此見切。青蔥之皃。』恐非『蒨』本義。《字彙補・艸部》：『蒨，同蒨。』可信。」〔註56〕或單說「蒐」。《說文・艸部》：「蒐，茅蒐，茹藘。人血所生，可以染絳。從艸從鬼。」（一下）《山海經・中山經》：「（釐山）其陽多玉，其陰多蒐。」晉郭璞注：「茅蒐，今之蒨草也。」或單說「蒚」。「蒚」的本義爲刷子。《說文・艸部》：「蒚，刷也。從艸屈聲。」（一下）清王筠句讀：「即荔根，可作㡿之㡿，乃縛艸所作之器。」引申爲藥草名。《正字通・艸部》：「蒚，《神農本草經》有蒚草，生漢中川澤間。主寒熱陰痹。蒚，當即屈。」本方下文說：「蒚者，荊名曰盧茹。」

　　「蘆茹」別名「蒐、蒚、蔄茹、茹藘、茅蒐、茜（蒨）草、茜根、蘭茹、離婁、藜蘆、地血、牛蔓、茹盧本、紅茜根、血見愁、五爪龍、過山龍、九龍根、紅內消、滿江紅、地蘇木、活血丹、入骨丹、土丹參、紅棵子根、紅龍鬚根、小活血龍、沙茜秧根、拉拉秧子根、四方紅根子」等，植物類方藥名。多年生攀援草本植物，根條叢生，外皮紫紅色或橙紅色；莖四棱形，棱上生多數倒生的小刺；葉四片輪生，具長柄；葉片形狀變化較大，有卵形、三角狀卵形、寬卵形乃至窄卵形，先端通常急尖，基部心形，上面粗糙，下面沿中脈及葉柄均有倒刺；聚傘花序圓錐狀，腋生及頂生；花小，色黃白，花萼不明顯；根圓柱形，有的彎曲，完整的老根留有根頭，表面紅棕色，有細縱紋及少數鬚根痕；皮、木部較易分離，皮部脫落後呈黃紅色。質脆，易斷，斷面平坦，皮部狹，紅棕色，木部寬，粉紅色，有眾多細孔。根味辛性寒，有小毒，可入藥。有涼血止血、活血化瘀的奇效。主治血熱、咯血、吐血、衄血、尿血、便血、崩漏、經閉、產後瘀阻、腹痛、跌打損傷、風濕痹痛、黃疸、瘡癤、痔腫、敗創、死肌等病症。《神農本草經・茜根》：「茜根味

───────────────

〔註56〕鍾如雄：《〈漢語大字典〉（卷四）不明關係字疏證》，北京師範大學文學院編《勵耘學刊》語言卷2007年第一輯，學苑出版社2007年版。

苦，寒，無毒。主寒溼、風痺、黃疸，補中止血，內崩下血，膀胱不足，踒
跌、蟲毒。久服，益精氣，輕身。」明李時珍《本草綱目・艸部六・藺茹》：
「藺茹，釋名離婁、掘据（《別錄》音結居），白者名草藺茹。《本經》下品。
時珍曰：藺茹本作藘蕠，其根牽引之貌。掘据，當作拮据……根氣味辛，寒，
有小毒。主治蝕惡肉、敗瘡、死肌；殺疥蟲，排膿惡血，除大風熱氣，善忘
不寐；去熱痺，破癥瘕，除息肉，發明。」

「蒀莖乾」校釋（壹）本說是「茜草莖輚」，不確。我們認為，本句的「乾」
應連下「冶」讀。「蒀莖乾冶二升」，是指將茜草莖曬乾後研製成粉末兩升。

諸 采

薄以涂其雍者上空者遺之中央大如錢藥乾復涂之如 60 前法三涂去其
故藥其毋農者行愈已有農者潰毋得力作禁食 諸 采 61 《武》簡二）

本方中的「諸采」，醫簡本、注解本均無注釋。

李具雙說：「61 簡『禁食諸采』。圖版『諸』為草書之形，整理者不識，
可釋為『諸』，醃菜。《禮記・內則》：『醯醬、桃諸、梅諸、卵鹽。』孔穎達
疏：『王肅云：「諸，菹也。謂桃菹、梅菹。」即今之藏桃、藏梅也。』《漢語
大字典》釋『諸』為乾菜不確，當以王肅說為是，即諸是菹的借字，為醃製
後的乾菜。《釋名・釋飲食》：『桃諸，藏桃也。諸，儲也。藏之以儲，待給多
月用之也。』桃諸，即桃菹，醃桃，將桃醃製曬乾後供多月食用，不是將桃
李等果品直接曬乾後供多月食用。《玉篇・草部》：『菹，醃菜為菹也。』《釋
名》：『菹，阻也。生釀之，使阻於寒溫之間不得爛也。』『禁食諸采』即不要
喫醃製的菜。」〔註57〕

校釋本逕改為「諸菜」，並注：醫簡本「未釋出『諸』。李具雙（2002）
指出：諸讀為『菹』，菹菜，指醃製的鹹菜。《禮記・內則》：『桃諸、梅諸。』
孔穎達疏：『諸，菹也。謂桃菹、梅菹。即今之藏桃、藏梅也。』勿食諸菜，
即不要吃有辛辣的醃菜。」

按：本方中的「諸采」之「諸」，李具雙補釋甚是，而釋義有誤。《釋名・
釋飲食》：「桃諸，藏桃也。諸，儲也。藏之以儲，待給多月用之也。」從《釋

〔註57〕李具雙：《〈武威漢代醫簡〉的用字特點》，《中醫文獻雜誌》2001 年第 2 期。

名》的釋詞用語可以看出：

第一，「桃諸」等於「藏桃」，說明漢時依然流行大名冠小名這種構詞法習慣。古人說「桃諸」，今人說「諸桃」。

第二，《釋名》以「儲」釋「諸」，以「藏」釋「儲」，說明「諸」就是後世所說的「儲藏」。

第三，儲藏的「桃」是爲了「待給冬月用」的，可能是「桃乾兒」，也可能是「鮮桃」，不存在「醃製」的問題。《禮記·內則》：「飲重醴，稻醴清糟，黍醴清糟，粱醴清糟，或以酏爲醴，黍酏、漿水，醷濫。」漢鄭玄注：「以諸和水也。以《周禮》，六飲挍之，則濫涼也。紀莒之間，右諸爲濫。」唐陸德明釋文：「以諸，乾桃、乾梅皆曰諸。」又「桃諸、梅諸，卵鹽。」漢鄭玄注：「卵鹽，大鹽也。」唐孔穎達等正義：「『桃諸、梅諸，卵鹽』者，言食桃諸、梅諸之時，以卵鹽和之。王肅云：『諸，菹也。』謂桃菹、梅菹，即今之藏桃也、藏梅也。欲藏之時，必先稍乾之，故《周禮》謂之『乾藜』，鄭玄云『桃諸、梅諸』是也。」〔註58〕由此可知，「諸」是「儲」的初文，意爲儲藏。「欲藏之時，必先稍乾之」，故桃諸、梅諸實爲「乾桃」「乾梅」。《說文·艸部》：「藜，乾梅之屬。从艸橑聲。《周禮》曰：『饋之食籩，其實乾藜。』後漢長沙王始煮艸爲藜。薂，藜或从潦。」（一下）《正字通·艸部》：「藜，凡乾果皆可謂之藜。」《周禮·天官·籩人》：「饋之食籩，其實棗、桌、桃、乾藜、榛實。」清孫詒讓正義：「凡乾梅、乾桃，皆煮而暴之。」

本方之「諸」音 chú，是「儲」字的初文。「诸采」即「儲菜」，但不是「醃菜」，而是指煮後曬乾儲存以備冬季食用的菜。今川南還有將夏季喫不完的豇豆煮熟後曬乾以備冬用的習俗，這種豇豆叫「乾豇豆」。《說文·艸部》：「菹，酢菜也。从艸沮聲。蒩，或从皿。韲，或从缶。」（一下）南唐徐鍇繫傳：「以米粒和酢以漬菜也。」清王筠句讀：「酢，今作醋，古呼爲酸醋。酢菜，猶今之酸菜，非以醋和之。〔三國魏李登〕《聲類》：『菹，藏菜也。』《釋名〔·釋飲食〕》：『菹，阻也。生釀之，使阻於寒溫之間，不得爛也。』」如果說「諸」同「菹」，也應該是李登《聲類》所說的「菹」的意思，而非三國魏王肅所說的意思。

〔註58〕〔清〕阮元校刻：《十三經注疏》第 1463～1464 頁，中華書局 1980 年版。

另有兩點需說明：

第一，《禮記・內則》孔穎達等正義：「王肅云：『諸，菹也。』謂桃菹、梅菹，即今之藏桃也、藏梅也。」李具雙讀爲：「王肅云：『諸，菹也。謂桃菹、梅菹。』即今之藏桃、藏梅也。」其中「謂桃菹、梅菹」是孔穎達等人的注語，並非王肅所說的話，應該連下讀；再者，「即今之藏桃也、藏梅也」，李具雙引文脫一「也」字。

第二，校釋本云：「勿食諸菜，即不要吃有辛辣的醃菜。」其中的「吃」字誤。「吃」爲口吃義，「喫」爲進食義，繁體區別嚴格。

罷合

一，益（嗌）睢（疸）者，白薟（蘞）三，罷合一，并冶，【□□□□□】沟□歙（飲）之。₂₉₇/₂₈₃《五・睢（疸）病》七）

本方中的「罷合」，帛書本注：「罷合，藥名，不詳。」集成本注同帛書本。

考注本注：「罷合：藥名，疑爲百合。《名醫別錄》載：『百合無毒，主除浮腫，臚脹，痞滿，寒熱，通身疼痛，及乳難、喉痹腫，止涕淚。』可參。」補譯本注同考注本。

校釋（壹）本注：「罷合：即百合。按罷通罷，即古之芭字，芭與百古音同爲幫母，其韻魚鐸對轉，故可借爲百。咽腫多因肺熱上熾所致，而百合入心、肺經，是潤肺清金的要藥，本方以百合治咽疸，可以說是有的放矢，對症下藥。」

考釋本逕改釋爲「百合」，並注：「百合——百，原作罷。二者爲同源字，幫並旁紐，鐸歌通轉。故罷假爲百。」

校釋本注：「罷合：藥物名，即百合。見於《神農本草經》。《名醫別錄》載稱其『主除浮腫、臚脹、痞滿、寒熱、通身疼痛，及乳難、喉痹腫，止涕淚』。」

按：本方中的「罷合」，帛書本說「藥名，不詳」，考注本說「疑爲百合」，繼後各注本從其說。我們認爲，「百合」雖有治「喉痹腫」的功效，但本方的「罷合」當爲「薄荷」一詞早期的複音記音詞，而非「百合」。

「罷」上古音屬幫母歌部，《廣韻・支韻》彼爲切，今音 bēi，本義爲薄荷。

「薄荷」先秦單稱「蘴」，也寫作「芭」。《說文·艸部》：「蘴，艸也。從艸罷聲。」（一下）清王紹蘭段注訂補引吳穎芳《說文理董》：「《楚辭》『傳芭兮代舞』，『蘴』即『芭』之正字。」《玉篇·艸部》：「芭，卜加切。香蕉。又香草也。」〔註59〕《楚辭·屈原〈禮魂〉》：「成禮兮會鼓，傳芭兮代舞。」漢王逸注：「芭，巫所持香草名也。」注意：「芭」本義指香蕉，不是「蘴」的異體字。

「薄荷」別名「南薄荷、夜息香、野仁丹草、見腫消、水薄荷、水益母、接骨草、銀丹草、昇陽菜、薄荷番荷菜」等，植物類方藥名。爲野芝麻亞科薄荷屬植物的總稱，多年生宿根性草本植物。薄荷是古代醫典常用中藥之一，全草入藥，也可食用。其味辛，性涼。有發散風熱、清利咽喉、透疹解毒、疏肝解鬱、止癢等功效。可治感冒發熱、頭痛、咽喉腫痛、無汗、風火赤眼、風疹、皮膚發癢、疝痛、下痢、瘰鬁等症，外用有輕微的止痛作用，用於神經痛等。明李時珍《本草綱目·草之三·薄荷》：「時珍曰：薄荷，俗稱也……莖葉，氣味辛，溫，無毒。主治賊風傷寒發汗、惡氣心腹脹滿、霍亂、宿食不消、下氣。煮汁服之，發汗，大解勞乏，亦堪生食（《唐本》）。作菜久食，卻腎氣，辟邪毒，除勞氣，令人口氣香潔。煎湯洗漆瘡（思邈）。通利關節，發毒汗，去憤氣，破血止痢（甄權），療陰陽毒，傷寒頭痛，四季宜食（士良），治中風失音吐痰（《日華》）。主傷風頭腦風，通關格，及小兒風涎，爲要藥（蘇頌）。杵汁服，去心臟風熱（孟詵），清頭目，除風熱（李杲），利咽喉、口齒諸病，治瘰鬁瘡疥，風瘙癮疹。擣汁含漱，去舌胎語澀，挼葉塞鼻，止衄血，塗蜂螫蛇傷（時珍）。」〔註60〕

河菆

黃連半斤直百□□二斤直廿七子威取河菆半斤直七十五續斷一斤百子威取□□□取藥凡直九百廿七 91 乙 （《武》木）

本方中的「河菆」，醫簡本注：「『河菆』不見《神農本草經》，待考。」

〔註59〕《宋本玉篇》第254頁，北京市中國書店1983年據張氏澤存堂本影印。

〔註60〕〔明〕李時珍：《欽定四庫全書》子部五醫家類，上海人民出版社、迪志文化出版有限公司1999年版。

　　杜勇說：「菆」《說文》釋爲「麻蒸」，似非醫簡所指。但「菆」通「葙」。《廣雅・釋草》：「葙，蕺也。」「蕺」即今魚腥草。魚腥草生長在河邊及潮濕之地，故稱「河菆」。〔註61〕

　　施謝捷說：「河菆」應讀爲「荷菆」，即「荷莖」「荷梗」「耦（藕）杆」。〔註62〕

　　注解本注：「河菆：待考。」

　　袁仁智將「河菆」改釋爲「河豚」，認爲：「豚，《注解》疑作菆，『河菆』無解……作『豚』爲宜。」。〔註63〕

　　按：「荷花」古代既可單說「荷」，也可單說「蕖」。《爾雅・釋草》：「荷，芙渠。其莖茄，其葉蕸，其本蔤，其華菡萏，其實蓮，其根藕，其中的，的中薏。」晉郭璞注：「（芙渠）別名芙蓉，江東呼荷。（蔤）莖下白蒻在泥中者。蓮謂房也。（的）蓮中子也。（薏）中心苦。」〔註64〕唐陸德明釋文：「渠，本又作蕖。」晉陶潛《雜詩》之三：「昔爲三春蕖，今作秋蓮房。」唐柳宗元《天對》：「氣孼宜害，而嗣續得聖，汙塗而蕖，夫故不可以類。」之後採用三種構詞法複合成雙音節詞「荷華」「荷蕖」和「扶渠」。

　　第一，在「荷」之後增加中心語「華」，複合成「荷華」，也寫作「荷花」。如《詩經・鄭風・山有扶蘇》：「山有扶蘇，隰有荷花。」毛傳：荷花，扶渠也，其華菡萏。」

　　第二，將單說的「荷」與「蕖」並列複合成爲「荷蕖」。

　　第三，採用變讀的方法（方言），將「荷」「蕖」讀成「扶渠」。

　　「荷」上古音屬匣母歌部。「扶」「芙」上古屬並母魚部，「渠」「蕖」上古屬群母魚部。〔註65〕在西南官話中，輕唇音〔f-〕與牙音〔k-〕是不分的，尤其是四川中江話，匣母字的聲母往往讀成非母或敷母，如「花」讀成〔fuā〕之類。

〔註61〕 杜勇：《〈武威漢代醫簡〉考釋》，《甘肅中醫》1998 年第 1 期。

〔註62〕 施謝捷：《簡帛文字考釋札記（續）》，《文教資料》1998 年第 6 期。

〔註63〕 袁仁智：《武威漢代醫簡校注拾遺》，《中醫研究》2011 年第 6 期。

〔註64〕 《漢語大字典・艸部》引作：「荷，芙蕖。」誤。見《漢語大字典》第 3432 頁，四川辭書出版社、湖北崇文書局 2010 年版。

〔註65〕 參看郭錫良《漢字古音手冊》（增訂本）第 27、173、187 頁，商務印書館 2010 年版。

所以「荷」讀變了音就成了〔fú〕，字寫作「扶」，又因爲「荷」爲草本植物，後世改寫爲「芙」。「扶」或「芙」與「渠」連讀，就變成了「扶渠」或「芙渠」，後世再改寫爲「芙蕖」。三國魏曹植《洛神賦》：「遠而望之，皎若太陽升朝霞；迫而察之，灼若芙蕖出淥波。」南朝梁江淹《蓮花賦》：「若其華實各名，根葉異辭，既號芙渠，亦曰澤芝。」宋王安石《招約之職方並示正甫書記》詩：「池塘三四月，菱蔓芙蕖馥。」清秦松齡《和吳弘人見贈之作》：「尊酒共君秋夜醉，滿庭清露濕芙蕖。」

「荷蕖」在《武威漢代醫簡》用「河菆（zōu）」記音。「菆」上古音屬莊母侯部。《說文·艸部》：「菆，麻蒸也。从艸取聲。一曰蓐也。」（一下）《玉篇·艸部》：「菆，阻留切。草也。叢生也。」《集韻·侯韻》：「菆，莖也。」「麻蒸」就是「麻稭」。《儀禮·既夕禮》：「禦以蒲菆。」胡培翬正義：「蓋取其皮以爲麻，而其中莖謂之蒸，亦謂之菆。因而凡物之莖皆謂之菆，故鄭〔玄〕以『莖』釋『菆』也。」故施謝捷認爲：「河菆」應讀爲「荷菆」，即「荷莖」「荷梗」「耦（藕）稭」。其說甚是。上古音「蕖」屬魚部，「菆」屬侯部。侯部音〔o〕，魚部音〔a〕，兩字讀音極爲相似。

故知「荷花」初單說「荷」，後改稱「蕖」，二字連讀就變成了複合詞「荷蕖」，後方言變音寫作「河菆、扶渠、芙渠、芙蕖」等。《玉篇·艸部》：「蕖，音渠。荷，芙蕖。」《詩經·陳風·澤陂》：「彼澤之陂，有蒲有荷。」毛傳：「荷，芙蕖也。」漢鄭玄箋：「蒲，柔滑之物；芙蕖之莖曰荷，生而佼大。興者蒲以喻所說男之性，荷以喻所說女之容體也。正以陂中二物，興者喻淫風由同姓生。」唐孔穎達等正義：「（漢）李巡曰：『皆分別蓮、莖、葉、華、實之名。』菡萏，蓮華也；的，蓮實也；薏，中心也。」〔註66〕清郝懿行《爾雅》「荷」義疏：「芙蕖，其總名也。《詩·山有扶蘇》，傳：『荷華，扶渠也。』《離騷》注作：『荷，芙渠也。』別名『芙蓉』，亦見《離騷》。荷是大名，故爲稱首。」〔註67〕

「河菆」即「荷蕖」，別名「芙渠、芙蕖、荷華、蓮花、水芙蓉、藕華、水華、水芝、澤芝」等，植物類方藥名。多年生水生草本植物。根莖（藕）

〔註66〕見〔清〕阮元校刻《十三經注疏》第 379 頁，中華書局 1980 年版。

〔註67〕〔清〕郝懿行《爾雅義疏》第 988～990 頁，上海古籍出版社 1983 年版。

肥大多節，橫生於水底泥中；葉盾狀圓形，表面深綠色，被蠟質白粉覆蓋，背面灰綠色，全緣並呈波狀；葉柄圓柱形，密生倒刺；花單生於花梗頂端、高托水面之上，有單瓣、複瓣、重瓣及重臺等花型；花色有白、粉、深紅、淡紫色或間色等變化；雄蕊多數；雌蕊離生，埋藏於倒圓錐狀海綿質花托內，花托表面具多數散生蜂窩狀孔洞，受精後逐漸膨大稱爲蓮蓬，每一孔洞內生一小堅果，即蓮子。其根、葉、葉柄、蓮子、蓮房均可入藥。「蓮子」也稱「藕實」，其味甘，性平、寒，無毒。有補中、養神、益氣力、除百疾等功效。其葉製成「芙蕖散」，可治血崩久不止。

　　《神農本草經·藕實》：「藕實，味甘，平、寒，無毒。主補中，養神，止渴，去熱，益氣力，除百疾。久服，輕身，耐老，不饑，延年。」明繆希雍疏：「藕實得天地清芳之氣，稟土中冲和之味，故味甘，氣平。《別錄》：寒，無毒。入足太陰陽明，兼入手少陰經。土爲萬物之母，後天之元氣，藉此以生化者也。母氣既和，則血氣生，神得所養，而疾病無由來矣。藕實正稟稼穡之化，乃脾家之果，故主補中，養神，益氣力，除百疾及。久服，輕身，耐老，不饑，延年也。孟詵：『主五臟不足，傷中，益十二經脈血氣。』大明：『主止渴，去熱，安心，止痢，治腰痛及洩精。多食，令人喜。』皆資其補益心脾之功也。宋楊倓《楊氏家藏方》卷第十六：「芙蕖散，治血崩久不止。隔年乾蓮蓬（不以多少，燒灰）上件爲細末。每服二錢，溫酒或米飲調下，食前。」

　　明李時珍《本草綱目·果之五·蓮藕》：「蓮藕，《本經》上品。釋名：其根藕（《爾雅》），其實蓮（同上），其莖葉荷。韓保昇曰：藕生水中，其葉名荷。按《爾雅》云：『荷，芙蕖，其莖茄，其葉蕸，其本蔤，其華菡萏，其實蓮，其根藕，其中菂，菂中薏。』邢昺註云：『芙蕖，總名也，別名芙蓉，江東人呼爲荷。菡萏，蓮花也；菂，蓮實也；薏，菂中青心也。』郭璞註云：『蔤，乃莖下白蒻，在泥中者蓮，乃房也。菂，乃子也，薏乃中心苦薏也。江東人呼荷；花爲芙蓉，北人以藕爲荷，亦以蓮爲荷；蜀人以藕爲茄，此皆習俗傳誤也。』陸機（璣）《詩》疏云：『其莖爲荷，其花未發爲菡萏，已發爲芙蕖，其實蓮，蓮之皮青裏白，其子菂，菂之殼青肉白，菂內青心二三分爲苦薏也。時珍曰：《爾雅》以荷爲根名，韓氏以荷爲葉名，陸機以荷爲莖名。按：莖乃負葉者也，有負荷之義當從陸說；蔤乃嫩蒻如竹之行鞭者，節生二莖，一爲

葉，一爲花，盡處乃生；藕爲花葉根實之本，顯仁藏用，花成不居，可謂退藏於密矣，故謂之蔤。花葉常偶生，不偶不生，故根曰藕。或云：藕善耕泥，故字從耦。耦者，耕也。茄，音加，加於蔤上也。蕸，音遐，遠於蔤也。菡萏，函合未發之意，芙蓉敷布容艷之意。蓮者，連也，花實相連而出也。菂者，的也，子在房中，點點如的也。的乃凡物點注之名。薏，猶意也，含苦在內也……蓮藕，荊、揚、豫、益諸處湖澤陂池皆有之。以蓮子種者生遲，藕芽種者最易發。其芽穿泥成白蒻，即蔤也。長者至丈餘，五六月嫩時，沒水取之，可作蔬茹，俗呼藕絲菜。節生二莖，一爲藕荷，其葉貼水，其下旁行生藕也；一爲芰荷，其葉出水，其旁莖生花也。其葉，清明後生，六、七月開花。花有紅、白、粉紅三色；花心有黃鬚蕊，長寸餘；鬚內即蓮也。花褪，連房成菂。菂在房，如蜂子在窠之狀。六、七月采嫩者，生食脆美。至秋，房枯子黑，其堅如石，謂之石蓮子。八、九月收之，斫去黑殼貨之，四方謂之蓮肉。冬月至春，掘藕食之。藕白有孔有絲，大者如肱臂，長六、七尺，凡五六節。大抵野生及紅花者，蓮多藕劣；種植及白花者，蓮少藕佳也；其花白者、香紅者、艷千葉者，不結實。別有合歡並頭者，有夜舒荷、夜布晝卷，睡蓮花，夜入水金蓮花，黃碧蓮花，碧繡蓮花如繡，皆是異種，故不述。《相感志》云：『荷梗塞穴，鼠自去；煎湯洗鑞，垢自新。』物性然也。蓮實，釋名藕實（《本經》）、菂（《爾雅》）、薂（音吸，同上）、石蓮子（《別錄》）、水芝（《本經》）、澤芝（《古今注》）……氣味甘，平，濇，無毒。補中，養神，益氣力，除百疾。久服，輕身、耐老、不饑、延年（《本經》）。主五臟不足，傷中，益十二經脈血氣（孟詵），止渴，去熱，安心，止痢，治腰痛及泄精。多食，令人歡喜（大明）。交心腎，厚腸胃，固精氣，強筋骨，補虛損，利耳目，除寒濕，止脾泄、久痢、赤白濁、女人帶下崩中諸血病（時珍）。擣碎，和米作粥飯食，輕身，益氣，令人強健（蘇頌，出《詩疏》），安靖上下君相火邪（嘉謨）。」南朝宋鮑照《芙蓉賦》：「訪群英之豔絕，標高名於澤芝。」南朝梁江淹《蓮花賦》：「若其華實各名，根葉異辭，既號芙渠，亦曰澤芝。」

蓑末

一，多空（孔）者，亨（烹）肥豬，取其汁㳷（漬）美黍米三斗，炊之，有（又）以脩（滫）之，孰（熟），分以爲二，以稀【□】布各

裹 254/241 一分，即取蕘（鉛）末」、叔（菽）醬（醬）之宰（滓）半，并臺（擣），以傅痔空（孔），厚如韭葉，即以居□，裹【□□】□更溫，255/242 二日而巳（已）。256/243（《五・牡痔》二）

本方「蕘末」之「蕘」，帛書本釋為「蕘（鉛）」，並注：「蕘末，本書三四五行作金槍，即鉛，銅屑。《證類本草》卷五引《新修本草》及《本草拾遺》有赤銅屑，但無療痔的記載。」考注本、集成本注同帛書本。

校釋（壹）本注：「鉛末：銅屑。疑即從銅器上刮取之銅綠末。古方中有用以入藥外塗，治腸風痔瘺者。」

考釋本注：「鉛（yù，浴）末——鉛，原作蕘。蕘與本書【原文二百一十六】金槍的槍均為鉛字之古異寫。《說文・金部》：『鉛，从金，谷聲。讀若浴。一曰銅屑。』《玉篇・金部》：『鉛，銅屑也。』關於銅屑的製法，除製銅器時所餘之屑外，也有鉒磨銅錢取屑者。如《漢書・食貨志》：『今半兩錢，法重四銖，而民或盜摩錢質以取鉛。』『銅屑』作為藥用。如：《日華子本草》：『銅屑，味苦平，微毒。明目，治風眼，接骨，銲齒，療女子血氣及心痛。』」

補譯本注：「蕘：《五十二病方》依 345 行『又以金椊冶末』釋椊，椊為鉛。《說文》：『蕘，可以句鼎耳及鈇炭，……一曰銅屑』。銅屑，歷代醫籍均載：主明目，治風眼等，但未見療痔。」

校釋本注：「鉛末：即銅屑。《說文・金部》：『鉛，銅屑。』」

按：「蕘」帛書本釋為「蕘（鉛）」，並認為即「鉛」字，意為「銅屑」。繼後各注本均從其釋，但「蕘」字多與「蕘」混，如考釋本、補譯本、校釋本等都寫作「蕘」。今細看集成本新圖版，帛書原文寫作「茻」，字形雖已漫漶殘缺，但尚能認出是個「蓯」字，不當釋為「鉛」。「蓯」是「蔥」異體字，也寫作「葱」。

「蔥」金文作「茻」，小篆作「蔥」，有小蔥、大蔥、茖蔥、火蔥、香蔥等品種。《說文・艸部》「蔥，菜也。從艸悤聲。」（一下）〔註68〕《山海經・北山經》：「邊春之山多蔥、葵、韭、桃、李。」或更換聲母「悤」轉形為「蓯」。《玉篇・艸部》：「蓯，且公切。葷菜也。又淺青色。」《禮記・內則》：「膾，春用

〔註68〕「悤聲」《漢語大字典》誤引作「囪聲」。見《漢語大字典》第 3497 頁，四川辭書出版社、湖北崇文書局 2010 年版。

蔥，秋用芥。」「蔥」不見於古今字書與傳世文獻，應是漢代通用的俗字。

「蔥」別名「芤、鹿胎、榮伯和事」等，植物類方藥名。爲百合科蔥屬多年生草本植物。葉煨爛研碎，敷在外傷化膿的部位，加鹽研成細末，敷在被毒蛇、毒蟲咬傷部位或箭傷的部位，有除毒作用。明李時珍《本草綱目·菜之一·蔥》：「時珍曰：蔥從悤，外直中空，有悤通之象也。芤者，草中有孔也，故字從孔。芤，脈象之蔥，初生曰蔥，針葉曰蔥青，衣曰蔥袍，莖曰蔥白，葉中涕曰蔥苒，諸物皆宜，故云榮伯和事……葉：主治：煨研，傅金瘡、水入皸腫。鹽研，傅蛇蟲傷，及中射工溪毒（日華）；主水病足腫（蘇頌）；利五臟，益目精，發黃疸（思邈）」

「鉛」是「銅屑」，今稱銅粉，民間可以在銅錢中磨取。《史記·平準書》：「三銖錢輕，易奸詐，乃令請諸郡國鑄五銖錢，周郭其下，令不可磨取鉛焉。」從本方看，將銅粉和在菽醬滓中，搗爛後以敷治痔管，似不可能。本方意爲將蔥末和在菽醬滓中一起搗爛，用來敷痔瘡孔。

男子洎

一，以**男子洎**傅之，皆不般（瘢）15/15。（《五·諸傷》十）

本方中的「男子洎」，帛書本注：「洎，本義爲肉汁。男子洎，與後三一八的男子惡，俱指人精。《正類本草》載，陶弘景云：『人精和鷹屎，亦滅瘢。』與本方相似。」

趙有臣說：「洎」的本義爲鼻涕，「男子洎」是指男子的鼻涕而不是精液。〔註69〕

裘錫圭說：「今按：《周易》萃卦上六爻辭中的『涕洟』，馬王堆帛書本作『涕洎』。于豪亮同志在《帛書（周易）》一文中說：『涕和洎都是鼻涕之意。……洎字……從水從自會意……正是鼻涕之意。《詩·澤陂》：「涕泗滂沱」，傳：「自鼻曰泗」。泗、涕、洎三字音近相通。洎應爲本字，泗與涕都是假借字』」（《文物》1984年3期19頁）。泗與涕能否作『洎』的假借字尚待研究，洎的本義爲鼻涕則是無可懷疑的。所以，男子洎大概是指男子的鼻涕而不是

〔註69〕趙有臣：《〈五十二病方〉中幾種藥物的考釋》，《中華醫史雜誌》1985年第2期。

指精液。」〔註70〕

　　考注本注：「男子洎（jì）：洎，本義是鍋中添水，引申爲肉汁，如《左傳‧襄公二十八年》：『（御者）取其肉，而以其洎饋。』孔疏：『洎者，添釜之名，添水以爲肉汁，遂名肉汁爲洎。』男子洎，帛書整理組認爲：男子洎與三一八的男子惡，俱指人精。並引《正類本草》卷十五引《嘉祐本草》載陶弘景云：『人精和鷹屎，亦滅瘢。』趙有臣氏則認爲男子洎應是鼻液，如說：『解男子洎爲人精，不確。今按『洎』字當指鼻液而言。《馬王堆帛書六十四卦釋文》中，對《周易‧萃卦‧上六》『齊咨涕洟』，帛書本『涕洟』作『涕洎』，是『洎』即『洟』字。《說文解字》云：『洟，鼻液也。』可證余見之不謬。……《本草》及傳世諸方書，雖有人精滅瘢之說，而此《五十二病方》自是以鼻液治瘢，不可混同也。』以上兩說並存待考。」

　　校釋（壹）本注：「洎：湯汁。這裏指男子的精液，即『人精』。《本草綱目》卷五十二引陶弘景曰：『和鷹屎，滅瘢。』李時珍亦稱『塗金瘡出血，湯火瘡。』」

　　考釋本注：「洎（jì，技）——本義爲將水注入容器。如：《周禮‧士師》：『洎鑊水。』鄭注：『洎，謂增其沃汁。』《史記‧封禪書》：『水而洎之。』集注引徐廣：『灌水於釜中曰洎。』《說文‧水部》：『洎，灌釜也。』洎字的引申義爲肉汁。如：《左傳‧襄公二十八年》：『公膳，日雙雞，卭人竊更之以鶩。御者知之，則去其肉，而以其洎饋。』杜預注：『洎，肉汁也。』孔穎達疏：『洎者，添釜之名。添水以爲肉汁，遂名肉汁爲洎。去肉而空以汁饋，欲其怨之深也。』《呂氏春秋‧應言》：『多洎之則淡而不可食。』高注：『肉汁曰洎。』《後漢書‧邊讓列傳》：『多洎則淡而不可食。』范注：『洎，汁也。』《玉篇‧水部》：『洎，肉汁也。』『男子洎』，應指男子排出體汁即精液。與【原文一百九十七】『男子惡』同義。」

　　補譯本注：「『男子洎』可以認爲是男子體內的特有之精華（精氣）物質，這便是『人精』即精液。」

　　校釋本注：「男子洎：當爲男子排出的體液，即精液。《正類本草》卷十五引《嘉祐本草》載，陶弘景云：『人精和鷹屎，亦滅瘢。』趙有臣（1985）、

〔註70〕裘錫圭：《馬王堆醫書釋讀瑣議》，《湖南中醫學院學報》1987 年第 4 期。

裘錫圭（1987）均認爲，應指男子的鼻涕。但是古今文獻未見以鼻涕入藥的記載。」

集成本注：「趙有臣（1985）：『洎』字當指鼻液而言。《馬王堆帛書六十四卦釋文》（《文物》一九八四年三期）中，對《周易·萃卦·上六》：『齎咨涕洟』，帛書本『涕洟』作『涕洎』，是『洎』即『洟』字。裘錫圭（1987）：『洎』的本義爲鼻涕……所以『男子洎』大概是指男子的鼻涕而不是指精液。」

按：關於本方中的「男子洎」，前人有兩種解釋：帛書本說指「人精」，校釋（壹）本、考釋本、補譯本、校釋本從其說；趙有臣說指男人的「鼻涕」，裘錫圭、考注本、集成本從其說。我們認爲當指精液。

「洎」上古音屬群母脂部，《廣韻·至韻》具冀切，今音 jì，本義爲往鼎鍋內加水。《說文·水部》：「洎，灌釜也。从水自聲。」（十一是）清朱駿聲通訓定聲：「謂以水添釜。」《周禮·秋官·士師》：「祀五帝，則沃尸。及王盥，洎鑊水。」漢鄭玄注：「洎，謂增其沃汁。」《呂氏春秋·應言》：「市邱之鼎以烹雞，多洎之，則淡而不可食；少洎之，則焦而不熟。」引申爲特指肉汁。《玉篇·水部》：「洎，巨記、居器二切。灌釜也；肉汁也。」《左傳·襄公二十八年》：「公膳日雙雞，饔人竊更之以鶩。御者知之，則去其肉，而以其洎饋。」唐陸德明釋文：「洎，肉汁也。」唐孔穎達等正義：「洎者，添釜之名，添釜以爲肉汁，遂名肉汁曰洎。」再引申爲特指鼻涕。《周易·萃卦》：「上六，齎咨涕洟，無咎。」「涕洟」馬王堆帛書《六十四卦》作「涕洎」。這是「洎」迄今作爲鼻涕義講所見到的唯一例證。

于豪亮先生說：「泗、洟、洎三字音近相通，洎應爲本字，泗、洟都是假借字。」〔註71〕說其不可信；裘錫圭說「洎的本義爲鼻涕則是無可懷疑的」，更不可信。因爲古今醫方從未有過用「鼻涕」治療「癟瘤」的記載。「洎」的

〔註71〕于豪亮先生云：「帛書涕洎之洎字，通行本作洟。《釋文》：『鄭云：「自目曰涕，鼻曰自洟」。』故洟和洎都是鼻涕之意。《說文》云：『自，鼻也，象鼻形。』因爲自的本義爲鼻。所以鼻息字從心從自，臥息的眉從尸從自。《說文》謂眉字『從尸從自會意，自亦聲』。準此而言，洎字也應該從水從自會意。從水從自正是鼻涕之意。《詩·澤陂》：『涕泗滂沱。』傳曰：『自鼻曰泗。』泗、洟、洎三字音近相通，洎應爲本字，泗、洟都是假借字。但是，古籍中不見洎字有鼻涕之義。這是因爲泗、洟等假借字通行，洎字就失去其本義了。通過帛書的『涕洎』，我們才能認識洎的本義。」見於豪亮遺著：《帛書〈周易〉》，《文物》1984年3期。

引申義爲肉汁，而表示「精液」應是上古巫醫的行業用語。今西南官話隱稱男子的生殖器爲「鼻子」，精液爲「鼻涕」。

故本方的「男子泊」当指精液。精液能治瘢瘤，宋唐愼微《正類本草》卷十五收集了前代眾家醫方：「人精和鷹屎，亦滅瘢。新補見陶隱居。《千金方》：『去面上醫，人精和鷹屎白，傅之，一日愈，白密亦得。』《肘後方》：『治瘤，人精一合半合亦得。青竹筒盛火上燒炮之，以器承取汁，密置器中，數傅瘤上。良。』又方：『治湯火灼令不通，又速愈瑕痕，以人精和鷹屎，日日傅上，痕自落。』孫眞人：『治金瘡血出不止，以精塗之。』」〔註72〕

飛蟲

一，令金傷毋（無）痛，取薺孰（熟）乾實，爁（熬）令焦黑，冶一；枺（术）根去皮，冶二；凡二物并和，取三 25/25 指冣（最－撮）到節一，醇酒盈一衷（中）棓（杯），入藥中，撓歓（飲）。不耆（嗜）酒，半棓（杯）。巳（已）歓（飲），有頃不痛。26/26 復痛，歓（飲）藥如數。不痛，毋歓（飲）藥＝（藥。藥）先食後食次（恣）。治病時，毋食魚、彘肉、馬肉、飛 27/27 蟲、葷、麻〇洙采（菜），毋近內，病巳（已）如故。治病毋（無）時。壹治藥，足治病。藥巳（已）治，裹以 28/28 繪臧（藏）。冶枺（术），暴（曝）若有所燥，冶。●令。29/29（《五・諸傷》十七）

本方中的「飛蟲」，帛書本釋爲「龜、蟲」，「龜」無注釋，「蟲」注：「帛書蟲、虫兩字已經混淆，此處蟲應爲虫，即蛇類。」考注本、考釋本、校釋（壹）本、補譯本釋文、注釋同帛書本。

考釋本注：「龜——《食性本草》：『（蠵龜）肉寒有毒』。（《正類本草》卷二十）蟲——有二義。一爲昆蟲之通稱。《廣韻・平・東》：『蟲，鱗介總名』。二爲蝮蛇，即虺。《玉篇・虫部》：『蟲，虺古字。』但第一義所包括的蟲類過於廣泛。故此處似指後者，即禁食蛇肉。」

劉釗說：前人所謂「龜蟲」，應爲「桑蟲」。因爲「『桑蟲』一藥，在醫書中常被用作發藥，如《本草推陳》中有『桑蟲』治『痘瘡不發及癰疽不潰』

〔註72〕見《欽定四庫全書》子部五醫家類〔宋〕唐愼微《證類本草》，上海人民出版社、迪志文化出版有限公司 1999 年版。

方，《本經逢原》中有『桑蟲』治『痘瘡毒盛白陷不能發起者』方，可見『桑蟲』與『魚』『彘』『馬肉』『葷』『麻洙菜』等一樣不利於傷口癒合，這便是『令金傷毋痛』方將其列於禁食之列的原因。」〔註 73〕

校釋本從劉釗說，改釋爲「桑蟲」，並注：「原釋文爲『龜、蟲（蟲）』，分別指龜、蛇兩類動物。劉釗（1997）指出其謬，認爲應釋作『桑蟲』。此說可從。『桑蟲』見於《本草圖經》，《千金要方》作『桑蠍』，《名醫別錄》作『桑蠹蟲』。桑蟲爲天牛科昆蟲或其近緣昆蟲的幼蟲，乾燥的蟲體呈長筒形而略扁，顏色爲乳白色或淡黃色，嘴部爲黃褐色或黑褐色，胸部三節，前胸較膨大，無足，腹部十節，可在冬季於桑、柳、柑橘等樹幹中捉取到。桑蟲在醫書中常用作發藥，不利於傷口的癒合。」

集成本改釋爲「飛蟲」，並注：「原釋文作『龜』，此從陳健（2010）釋。」

按：今看集成本新圖版，帛書原文本寫作「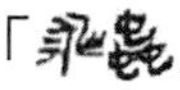」，既不像「龜蟲」，也不像「桑蟲」，更不像「飛蟲」，而是「求蟲」的隸體草書，故我們改釋爲「求蟲」。〔註 74〕「求蟲」即「鰌蟲」，今俗稱「泥鰍」，西南官話叫做「魚鰍」。

「求」是「鰌」的記音字，即泥鰌。《說文·魚部》：「鰌，鰼也。从魚酋聲。」（十一下）清桂馥義證：「鰼也者，《埤雅》：『今泥鰌。似鱓而短，無鱗，以涎自染，難握。』」《爾雅·釋魚》：「鰼，鰌也。」晉郭璞注：「今泥鰌。」《說文·魚部》：「鰼，鰌也。从魚習聲。」宋陸佃《埤雅·釋魚》：「鰼，尋也。尋習其泥，厭其清水。」《玉篇·魚部》：「鰼，似立切。泥鰌也。鰌，七由切。狀如鱣而小。」《莊子·齊物論》：「民溼寢則腰疾偏死，鰌然乎哉？」後世更換聲母「酋」轉形爲「鰍」，也寫作「鰲」。《廣韻·尤韻》：「鰍，亦作鰌。」宋程垓《滿江紅》：「白沙遠浦，青泥別渚，剩有鰕跳鰍舞。」清乾隆二年修《福建通志·物產》：「永春州，鱗之屬：草魚、鯰魚、鰻魚、鰲魚。」

「泥鰍」動物類方藥名。爲鰍科花鰍亞科泥鰍屬魚類，故也稱「蟲」。泥鰍生活在水田、湖池，長三、四寸，前段略呈圓筒形，後部側扁，腹部圓，頭小、口小、下位，馬蹄形；眼小，無眼下刺，須五對；鱗極其細小，圓形，

〔註 73〕劉釗：《馬王堆帛書〈五十二病方〉中一個久被誤釋的藥名》，《古籍整理研究學刊》，1997 年第 3 期。

〔註 74〕見鍾如雄、胡娟《〈五十二病方〉釋文字詞勘誤》，《西南民族大學學報》（人文社科版）2015 年第 11 期。

埋於皮下；體背部及兩側灰黑色，全體有許多小的黑斑點，頭部和各鰭上亦有許多黑色斑點，背鰭和尾鰭膜上的斑點排列成行，尾柄基部有一明顯的黑斑，其他各鰭灰白色；渾身沾滿了自身的黏液，因而滑膩無法握住。

泥鰍被稱為「水中之參」，是營養價值很高的特殊魚類。一般人群均可食用，特別適宜於身體虛弱、脾胃虛寒、營養不良、小兒體虛盜汗者食用，有助於生長發育；適宜老年人及有心血管疾病、癌症患者及放療化療後、急慢性肝炎及黃疸之人食用，尤其是急性黃疸型肝炎更適宜，可促進黃疸和轉氨酶下降；適宜陽痿、痔瘡、皮膚疥癬瘙癢之人食用。其味甘，性平，無毒，可入藥。有補益脾腎、利水、解毒等功效。主治脾虛瀉痢、熱病口渴、小兒盜、汗水腫、小便不利、陽事不舉、病毒性肝炎、痔瘡、疔瘡、皮膚瘙癢等病症。煮食治瘡癬，通血脈而大補陰分。

泥鰍食用禁忌：不宜與狗肉同食，狗血與泥鰍相剋；陰虛火盛者忌食；螃蟹與泥鰍相剋，功能正好相反，不宜同吃；毛蟹與泥鰍相剋，同食會引起中毒。《中國醫學大辭典》：「鰌魚肉：性質 甘平無毒（或作涼）。功能 益氣，暖中，調中（同米粉作羹食），醒酒，收痔，治消渴、陽事不起。雜論 此物忌白犬血。」

中醫認為，服用中藥禁忌腥、辛、葷、辣之食物。泥鰍為腥物，故本方與「魚、葷、麻、椒、馬肉」等同忌。

彘魚

一，令金傷毋（無）痛方：取彘鼠，乾而冶；取彘（彘）魚，燔而冶⌐；長石⌐、薪（辛）夷⌐、甘草各與【彘】23/23 鼠等，皆合撓，取三指冣（最－撮）一，入溫酒一音（杯）中而歓（飲）之。24/24《五·諸傷》十六）

本方中的「彘魚」，帛書本釋為「彘魚」，並注：「彘魚，疑即《名醫別錄》鮧魚，彘、鮧，古脂部字，音近相通。」考注本注同帛書本。

尚志鈞說：「筆者另從義相近，聯繫彘魚疑為豚魚。《說文》云：『彘，豕也。』《廣韻》謂彘子曰豚。《方言》云：『豬，其子或謂之豚。』則彘、豚是豬的同物異名，彘即豚，疑彘魚即豚魚。豚簡書為㹠，或作㹠魚……《病方》出於湖

南，則《病方》中的『䖒魚』（豚魚）有很大可能是河豚或江豚。」〔註75〕

考釋本逕改釋爲「鮧魚」，並注：「鮧（tí，提）魚——鮧原作『䖒』。鮧字從魚，夷聲。上古音夷爲餘母，職部韻；䖒爲定母，脂部韻。故䖒假爲鮧。鮧魚爲《別錄》藥。陶弘景注謂：『即是鯰（mián，粘）魚。』《別錄》：『鮧魚，味甘，無毒。主百病。』崔禹錫《食經》：『主……虛損不足，令人皮膚肥美。』（《醫心方》卷三十一引文）。《醫林纂要》：『滋陰補虛，和脾養血。』」

校釋（壹）本注：「䖒魚：是鯷魚，今稱鯰魚。《千金方》載其『主治傷中風水作痛，燒灰塗之。』與本方同。」

補譯本注：「䖒（zhī）魚：既往注釋均依《名醫別錄》釋爲鮧魚。指出：『䖒、鮧，古脂部字，音近相通。』可從。」

校釋本注：「䖒魚：鯰魚。《廣韻·齊韻》：『鮧，鯰也。』『鮧魚』亦見於《名醫別錄》《本草經集注》，稱其『主治百病』。」

集成本改釋爲「䝉（䖒）魚」，注同帛書本。

按：第一，關於本方中的「䖒」的釋文，帛書本釋爲「䖒」；考釋本認爲「䖒假爲鮧」，故逕改釋爲「鮧」；集成本則改釋爲「䝉（䖒）」。今細看集成本新圖版，帛書原文寫作「象」，應是「象」字。

第二，關於「䖒魚」的釋義，前人有兩種解釋：帛書本說「䖒」通「鮧」，「䖒魚」即「鮧魚」，也稱「鯰魚」；考注本、校釋（壹）本、考釋本、補譯本、校釋本、集成本均從其說；尚志鈞則說「䖒魚疑爲豚魚」。

「豕」甲骨文寫作丁、卩、斘等，上古音屬書母支部，《廣韻·紙韻》施是切，今音 shǐ，本義爲豬。《說文·豕部》：「豕，䖒也。竭其尾，故謂之豕。象毛、足而後有尾。讀與豨同。桉：今世字誤以豕爲䖒，以䖒爲豕。何以明之？爲㺱、琢從豕，蟸從䖒，皆取其聲，以是明之。彑，古文。」宋徐鉉等注：「此語未詳，或後人所加。」（九下）〔註76〕清段玉裁注：「『毛』當作『頭四』二字……豕首畫象其頭，次象四足，末象其尾……『桉：今世字誤目豕爲䖒，以䖒爲豕。何目朙之？爲㺱、琢從豕，蟸從䖒，皆取其聲，目是朙之。』

〔註75〕尚志鈞：《〈五十二病方〉「䖒魚」考釋》，《中藥材》1986 年第 4 期。

〔註76〕〔漢〕許慎撰，〔宋〕徐鉉等校定：《說文解字》第 196 頁，中華書局 1963 年版。

　　　　按：《漢語大字典》將《說文》的「桉」誤引作「按」。見《漢語大字典》第 3848 頁，四川辭書出版社、湖北崇文書局 2010 年版。

此三十三字未必爲許語。」《說文・彑部》還有個「彖」字，云：「彖，豕也。从彑从豕。讀若弛。」〔註 77〕而大徐本的注音與「豕」相同，都是「式視切」。「彖」實爲「豕」的異體。清王筠《說文釋例》卷三云：「彖，讀若弟，羊至切。《彑部》『彖』通貫切。小徐本無『彖』字，嚴銕橋合『彖』『彖』爲一，是也。」〔註 78〕其中的「彖」當爲「彖」字之誤。《說文》同篆有兩「彖」字，它們都與「彖」不相干。

「豚」甲骨文作、，金文作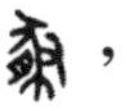，隶變爲「豚」「豚」。《方言》卷八：「豬，其子或謂之豚。」《說文・豚部》：「豚，小豕也。从彖省。象形。从又持肉，以給祠祀。豚，篆文从肉豕。」（九下）《論語・陽貨》：「陽貨欲見孔子，孔子不見，歸孔子豚。」宋邢昺疏：「豚，豕之小者。」「豚」又轉形寫作「豘」「狆」。《玉篇・豕部》：「豘，徒昆切。豬兒也。」《廣韻・魂韻》：「豚，豕子。狆、豘並同豚。」

在魚類中，像小豬一樣的魚叫「豚魚」，先秦單稱「鯆（bèi）」「鮭」。《說文・魚部》：「鯆，魚名。出樂浪潘國。从魚市聲。」（十一下）《廣韻・泰韻》：「鯆，魚名。食之殺人。」《山海經・北山經》：「（少咸之山）敦水出焉，其中多鯆鯆之魚，食之殺人。」又：「（敦薨之山，）敦薨之水出焉，西注於泑澤……其中多赤鮭。」晉郭璞注：「今名鯸鮐爲鮭魚。」後因其被打撈出水時發出似豬的叫聲而改稱「鯱魚」「豚魚」「河豚」。

「鯆」後世也單說「鮦、魨、鯸、鮐、鮧、鮷」等，複音詞叫「鯸鮔、鯸鮐、鮦魨」，今俗稱河豚」。《廣雅・釋魚》：「鯸鮔，鮦也。」請王念孫疏證：「河豚善怒，故謂之鮭，又謂之鮦。鮭之言圭，鮦之言訶。」《玉篇・魚部》：「魨，音豚。魚名。」《正字通・魚部》：「魨，河魨。狀如蝌蚪，大者尺餘，無鱗、腮，背青白，有黃縷，目能開闔，觸物即嗔，腹脹如氣毬浮起，獺及大魚皆不得近。一名鯸鮧，一名鶘鮧，一名鯢魚……本作『豚』，舊註音『豚』。不知『魨』爲俗增也。」《文選・左思〈吳都賦〉》「王鮪鯸鮐，鷁龜鱕鯌。」唐李善注引晉劉逵曰：「鯸鮐魚，狀如蝌蚪，大者尺餘，腹下白，背上青黑有黃紋，性有毒。」明陶宗儀《輟耕錄》卷九：「鯸鮔，魨也。背青腹白，觸物

〔註 77〕〔漢〕許慎撰，〔宋〕徐鉉等校定：《說文解字》第 197 頁，中華書局 1963 年版。

〔註 78〕〔清〕王筠《說文釋例》第 74 頁，中華書局 1987 年版。

即怒，其肝殺人，今人名爲河豚者也。」「鮧」音 tí，本義爲「鯰魚」，而表示「河豚」義則變讀爲 yí。清光緒年間重刊《浙江通志·物產》：「《天啓平湖縣志》：鮧魚，即河魨。湖中間亦網得。」清毛奇齡《紹興府知府湯公傳》：「初，紹恩築隄，隄潰有豚魚千頭，乘潮而上。」

「河豚（魨）」別名「江豚（魨）、鯸鮧、鯸鮧、鯸鮐、鰗魚」等，俗稱「乖魚、雞抱、龜魚、街魚、蠟頭、氣泡魚、吹肚魚、河魨魚、氣鼓魚、艇鮁魚」等，動物類方藥名。河豚爲輻鰭魚綱魨形目魨科東方魨屬哺乳動物，自古以來我國食用的河豚皆生息於河中，因捕獲出水時會發出類似豬叫聲的唧唧聲而得名。身體橢圓形，前部鈍圓，尾部漸細；吻短，圓鈍；口小，端位，橫裂；上下頜各具有兩個板狀門齒，中縫明顯；唇發達，下唇兩端向上彎曲在上唇的外側；眼小，鰓孔小，爲一弧形裂縫，位於胸鰭的前方，體表密生小刺；背鰭位置很後，與臀鰭相對；無腹鰭；尾鰭後端平截；背灰褐，體側稍帶黃褐，腹面白色；體背、側面的斑紋隨種類不同而各異。其肉鮮美，但筋肉、皮、卵巢均有毒。食療：有補虛、去濕氣、理腰腳、去痔疾等功效；外敷：火燒研末調香油搽抹，有殺疥癬、蟲瘡的功效。

明李時珍《本草·鱗之三·河豚》集解引宋嚴有翼《藝苑雌黃》曰：「河魨，水族之奇味，世傳其殺人。余守丹陽、宣城，見土人戶戶食之。但用菘荣、蔞蒿、荻芽三物煮之，亦未見死者。」又云：「河豚，宋開寶。〔釋名〕鯸鮧（一作鯸鮐）、鰗鮧（《日華》）、鰗魚（一作鮭）、嗔魚（《拾遺》）、吹肚魚（俗）、氣包魚。時珍曰：豚，言其味美也；侯、夷，狀其形醜也；鮠，謂其體圓也；吹肚氣包，象其嗔脹也。《北山經》名『鮇魚』，音沛。主治：補虛，去濕氣，理腰腳，去痔疾，殺蟲（《開寶》），伏硇砂（《土宿本草》）。肝及子氣味有大毒。主治：疥癬、蟲瘡。用子同蜈蚣，燒研，香油調搽之（時珍）。」

我們認爲，本方所謂「象魚」就是後世所謂「河豚」。「鮧魚」也是「河豚」，而非「鯰魚」。帛書本釋爲「鯰魚」，失審。

注意：上古漢語中的「豚魚」是兩個詞，分指「豚」和「魚」，多比喻微賤之物。後世也沿用其義，與「河豚」無關。《周易·中孚》：「豚魚，吉，信及豚魚也。」三國魏王弼注：「魚者，蟲之隱微者也；豚者，獸之微賤者也。爭競之道不興，中信之德淳著，則雖隱微之物，信皆及之。」南朝宋何承天《尹嘉罪議》：「蒲亭雖陋，可比德於盛明；豚魚微物，不獨遺於今化。」金王若虛《眞

定縣令國公德政碑》：「智可以欺王公而不可以欺豚魚，力可以得天下而不可得匹夫匹婦之心。」清趙翼《西岩治具全用素食並調夢樓》詩：「有時故仿豚魚樣，質不相混色亂眞。」

攻脂

一，冶僕纍，以攻（釭）脂饍而傅=（傅。傅，）炙之。三、四傅。349/339《五‧加（痂）》三）

本方中的「攻脂」，帛書本釋爲「攻（釭）脂」，並注：「釭，《說文》：『車轂中鐵也。』釭脂，下第四一三行作『車故脂』，《千金要方》稱『車釭脂』，《開寶本草》稱『車脂』，即擁有潤滑車軸的油脂。」集成本釋文、注釋均同帛書本。

考注本注：「攻（釭）脂：釭，釭，〔註79〕《說文》：『車轂中鐵也。』釭脂，車軸中潤滑油。」

校釋（壹）本注：「釭脂：即車釭脂、車脂，是用以潤滑車軸的油脂。《本草綱目》稱其『消腫毒諸瘡』。」

考釋本逕改釋爲「釭」，並注：「釭（gāng，鋼，又音 gōng，工）——釭，原作攻。釭與攻上古音均見母，東部韻。同音通假。釭是車輪中心圓軸處安裝的圈。《說文‧金部》：『釭，車轂中鐵也。』《廣雅‧釋器》：『鐧、錕，釭也。』《廣雅疏證》：『凡鐵之中空而受柄者謂之釭。』《釋名‧釋車》：『釭，空也。其中空也。』《釋名疏證補》：『（畢沅曰）：「釭中空，以受軸也。」』釭脂即用以潤滑在車釭中車軸的油脂，與本書【原文二百六十二】的『車故脂』均爲一物。按，《證類本草》卷五轉引《開寶本草》有兩個藥名，其一即『車脂』。又稱『車轄脂』（見該條轉引《千金方》、《外臺秘要》及《聖惠方》文）。其二即『釭中膏』。又稱『車釭脂』（見該條轉引《千金方》及《梅師方》），『車轄脂』（也見該條轉引《千金方》）及『車釭頭脂』（見該條轉引《子母秘錄》）……釭脂的藥效據《開寶本草》：『釭中脂，主逆產。……又主中風發狂。』『車脂，主卒心痛，中惡氣。……又主婦人妬乳，乳難。』」

補譯本注：「攻：釭的假借字。《說文》：『釭，車轂中鐵也。』釭脂，車軸

〔註79〕此「釭，」疑衍。

中的潤滑油。」〔註80〕

校釋本注：「釭脂：即車軸中的潤滑油。《說文．金部》：『釭，車轂中鐵也。』《本草綱目》卷三十八稱車脂『消腫毒諸瘡』。下文『乾騷（瘙）篇有『車故脂』。』」

按：「攻」帛書本如是釋，繼後各注本均從其釋。然今細看集成本新圖版，帛書原文本寫作「」，即「攻」，从支工声，是「攻」的本字，帛書本原釋文誤。

「攻」金文作，小篆作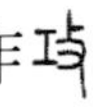，上古音屬見母東部，《廣韻．東韻》古紅切，今音 gōng，本義爲攻擊。《說文．攴部》：「攻，擊也。从攴工聲。」（三下）後世「攴」異寫成「攵」，故字也寫作「攻」。《廣韻．東韻》：「攻，攻擊。」

本方之「攻」應爲「故」字之誤；「故」是「轂」字的記音字，即下文所謂「車故脂」。帛書本與集成本以爲通「釭」，故釋爲「攻（釭）」，不妥。應釋爲「攻（故）」。

「車故脂」即「車轂脂」，別名「釭脂、轄脂、轂脂、車脂、缸膏、車轄脂、車釭脂」等，動物類藥物名詞，即上在車轂中起潤滑作用的油脂，過多均用動物脂肪製成。明李時珍《本草綱目．服之一．車脂》：「〔釋名〕車轂脂、軸脂、轄脂、缸膏（音公）。氣味辛，無毒。主治卒心痛，中惡氣，以熱酒服之。中風發狂，取膏如雞子大，熱醋攪，消服。又主婦人妬乳、乳癰，取熬，熱塗之，併和熱酒服（《開寶》）。去鬼氣，溫酒烊熱服（藏器）。治霍亂、中蠱、妊娠諸腹痛，催生定驚，除瘧，消腫毒、諸瘡（時珍）。」李時珍注：「時珍曰：轂，即軸也；轄，即釭也。乃裹軸頭之鐵，頻塗以油，則滑而不濇。《史記》齊人嘲淳於髡爲炙轂輠，即此。今云『油滑』是矣。」

髮

☐分人髮」一分煩之85甲（《武》木）

本方中的「髮」，醫簡本如是釋，但無注釋。繼後各注本均從其釋。

按：今細看醫簡本圖版和拓片，木牘原文本寫作「」，醫簡本直接釋爲

〔註80〕「車轂中鐵也」爲《說文》「釭」字的釋詞，補譯本引誤。又補譯本這段話中的所以「缸」，均爲「釭」字之誤。

「髮」，失當。應按原文釋爲「镸（髟）」。

「镸」本身是「長」的異體字。《篇海類編·通用類·長部》：「镸，偏旁凡從镸者並與長同。」《正字通·長部》：「镸，長字在旁之文，如髟、髮諸字從此。」本方的「镸」應是「髟」的殘損字，不當逕釋爲「髮」。《說文·髟部》：「髟，長髮猋猋也。从長从彡。」（九上）清段玉裁注：「彡，猶毛也。會意。」清王筠句讀：「『猋』『髟』疊韻，借字以形容之。《匡謬正俗》引同，《玉篇》則作『髟髟』，可互證……《通俗文》曰：『髮垂而髟。』」《玉篇·髟部》：「髟，比聊、所銜二切。長髮髟髟也。」《文選·潘岳·〈秋興賦〉》：「斑鬢髟以承弁兮，素髮颯以垂領。」唐李善注：「《說文》曰：『白黑髮雜而髟。』」引申爲長髦。《集韻·笑韻》：「髟，長髦。」《文選·馬融·〈長笛賦〉》：「寒熊振頷，特麚昏髟。」李善注：「髟，萇髦。」清胡克家考異：「萇當作長，各本皆誤。」

本方的「镸」是「髟」字殘損。在《武威漢代醫簡》木牘85甲中「人髟」也寫作「人镸（髟）」。「人髟」即「人髮」，與《五十二病方·諸傷》第四第治方的「人髮」同。

「人髮」別名「頭髮、髮髮、髮髢、亂髮、髮灰子、血餘炭、人髮灰」，動物類方藥名。爲人的頭髮。人髮收集後，用堿水洗去油垢，清水漂淨後曬乾，加工成炭，稱血餘炭。血餘炭，呈不規則的塊狀，大小不一。色烏黑而光亮，表面有多數小孔，如海綿狀；質輕而脆，易碎，斷面呈蜂窩狀，互碰有清脆之聲。用火燒之有焦髮氣。

人髮味苦，性溫，可入藥，以色黑、發亮、質輕者爲佳。有消瘀、止血等功效。主治吐血、鼻衄、齒齦出血、血痢、血淋、崩漏等病症。《神農本草經·髮髮》：「髮髮，味苦，溫，小寒，無毒。主五癃、閟格不通，利小便、水道，療小兒癇、大人痓。仍自還神化。合雞子黃煎之，消爲水，療小兒驚熱。雷斆云：『是男子二十已來無疾患，顏色紅白，於頂心剪下者，入丸藥膏中用。先以苦參水浸一宿，漉出，入瓶子，以火煅赤，放冷研用。亂髮，微溫。主欬逆、五淋、大小便不通、小兒驚癇；止血鼻衄。燒之吹内，立已。」明繆希雍疏：「髮者，血之餘也。經曰：『男子八歲，腎氣盛，齒更髮長。是髮因人之血氣以爲生長榮枯也。故血盛之人，則髮潤而黑；血枯之人，則髮燥而黃。《本經》用髮髮之意爲是故爾。其味苦，氣溫。《別錄》小寒，無毒，

入手足少陰經。大人痙，小兒驚癇，皆心肝二經血虛而有熱也。髮爲血之餘，故能入心入肝，益血。微寒而苦，又能泄熱，所以療小兒驚癇及大人痙也。心與小腸爲表裏，腎與膀胱爲表裏。心腎有熱，則二腑亦受病。此藥能入心除熱，入腎益陰，則水道利，五癃、關格俱通矣。是以古人治驚，多用茯苓、琥珀、竹葉之類，取其分利。心經之熱，自小腸出也。日華子主止血悶、血暈、金瘡、傷風及煎膏長肉，消瘀血者，悉取其入心走肝益血，除熱之功耳。自還神化之事，未見別方，大抵以火煅之，復化而凝成血質，此即自還神化之謂。是因血而生，復還爲血，非神化而何。亂髮，即常人頭上墮下者。其氣味所主與髮髲相似，第其力稍不及耳。以髮髲一時難得，故《別錄》重出此條，以便臨時取用，療體，實不甚相遠也。」

明李時珍《本草綱目·人部一·髮髲》：「髮髲，《本經》，音被。釋名：鬊（音總，甄權）、髮髲（音剃，亦作鬄）。氣味苦，溫，無毒（《別錄》小寒）。主治五癃、關格不通，利小便、水道；療小兒驚、大人痙，仍自還神化（《本經》）。合雞子黃煎之，消爲水，療小兒驚熱、百病，（《別錄》），止血悶、血運、金瘡、傷風、血痢。入藥，燒存性，用煎膏，長肉、消瘀血（大明）。」

人鬾

一，燔白鷄毛及人鬾（髮），冶各等。百草末八亦冶而【□□□□□□毀】一垸（丸）溫酒一音（杯）中而 8/8 歙（飲）之。9/9（《五·諸傷》四）

本方中的「人鬾」，帛書本釋爲「人髮」，並注：「人髮灰後代名血餘炭，《名醫別錄》云：『亂髮，……止血，燒灰吹之，立已。』」

校釋（壹）本注：「燔人髮，即血餘炭，性味苦平，入肝胃二經，有止血散瘀的作用。」

考釋本注：「人髮——《本經》名『髮髲』。《別錄》名『亂髮』，云：『止血，鼻衄，燒之吹內立已。』《本草綱目》又名『血餘』，其經火燔加工者，名血餘炭，有止血之效，如治療『鼻血不止』（《太平聖惠方》），『小便尿血』（《永類鈐方》）。『大便瀉血』（《普濟方》），『女人漏血』（《婦人良方》）……等都是。」

集成本改釋作「镸（髪）」，無注釋。

按：第一，關於「镸」字的釋文錯誤。「人髪」之「髪」，帛書本釋爲「髪」，集成本改釋作「镸」。從集成本新圖版看，帛書原文本寫作「髪」。

「髪」金文作「髪」。隸變爲「髪」，後轉形爲「䰅、頶」。《說文・髟部》：「髪，根也。从髟犮聲。䰅，髪或从首。頶，古文。」（九上）段注本「根也」作「頭上毛也」。唐慧琳《一切經音義》卷六十四引《說文》作「頂上毛也」。《玉篇・髟部》：「髪，府月切。首上毛也。《孝經》云：『身體髪膚。』」或省「彡」作「镸」。《字彙・長部》：「镸，與髪同。郭忠恕《答英公書》：『鶴镸半生，猿心已死。』」《李翊夫人碑》：「黃镸兮蓋天胎，世有皇兮氣所裁。」故帛書本所釋的「髪」，集成本所釋的「镸（髪）」，都應改釋爲「镸」。《五十二病方・諸傷》第六治方的「燔髪」也當改釋爲「燔镸」。在《武威漢代醫簡》木牘 85 甲中「人镸」也寫作「人镸（髟）」。

第二，關於「燔人镸」的釋義錯誤。校釋（壹）本將「燔人髪」當成方藥名，認爲相當於「血餘炭」，此說失誤。因爲「燔」是個動詞，在本方中其賓語分別是「白雞毛」和「人镸」。如果「燔人髪」是個完整的方藥名，那麼「燔白雞毛」「燔魚衣」等也無例外。

注意：謝觀主編的《中國醫學大辭典》未收「人髪」條，可據《武威漢代醫簡》補。

魚衣

一，燔魚衣，以其灰傅之。₃₂₂／₃₁₂《五・火闌（爛）者》七）

本方中的「魚衣」，帛書本注：「魚衣，苔。《周禮・醢人》有苔菹注引先鄭云『水中魚衣』。」〔註81〕集成本注同帛書本。

考注本注：「魚衣：即苔蘚。《周禮・醢人》有苔菹，注引先鄭云：『水中魚衣。』按：魚衣，疑爲衣魚之誤。《神農本草經》：『衣魚，無毒。主治淋，墮胎，塗瘡，滅瘢。』」

校釋（壹）本注：「魚衣：即水藻。《本草拾遺》稱其治『火焱熱瘡，搗爛

〔註81〕帛書本注引的「苔」，今本《周禮・天官・醢人》作「落」，見〔清〕阮元校刻《十三經注疏》第 675 頁，中華書局 1980 年影印本。

封之。』孫思邈說:『凡天下極冷,無過藻菜。但有患熱毒並丹毒者,取渠中藻菜切搗傅之:厚三分,乾即易,其效無比。』皆能發明本方旨意。」

考釋本注:「魚衣——一種澤中的苔類植物。《周禮・醢人》:『苔菹』鄭注引鄭司農云『苔,水衣。』《廣韻・平・哈》:『箈,魚衣,濕者曰濡苔。亦作苔。』[註82] 清,歷荃《事物異名錄・百草・苔》引《廣志》:『魚衣,水苔也。』」

補譯本注:「衣:俗亦指胞衣。《齊民要術・雜說》:『……產婦難生,衣不出。』魚衣,當指幼魚出入處。與菭有關。《玉篇》:『菭,生水中綠色也。』又『苔,同菭』。《淮南子・泰族訓》:『穹穀之汙,生以青苔。』青苔為蝌蚪小魚出入之所。《說文》:『菭,水青衣也』。段玉裁注引《周禮・醢人》:『苔菹;』鄭司農曰:『箈(菭),水中魚衣』。《廣韻・平・哈》:『箈,魚衣。』魚衣即青苔。」

校釋本注:「魚衣:應為水藻。陳藏器《本草拾遺》稱水藻治『火焱熱瘡,搗爛封之』。帛書整理小組指出,為水澤中的苔類植物。《周禮・醢人》:『醢醢苔菹。』鄭玄注:『苔,水中魚衣。』周一謀(1988)認為,魚衣疑為『衣魚』之誤,見《神農本草經》,可以『塗瘡,滅瘢』。」

按:關於本方中的「魚衣」,前人有兩種解釋:一說為「水藻、苔蘚、青苔」,一說為「幼魚出入處,與菭有關」。以上二說實為一說。另就字詞的組合順序而言,考注本說「魚衣」為「衣魚」之誤。

我們認為,本方所謂「魚衣」不是《周禮》所說的「箈(水苔)」,而是後世《神農本草經》中所說的「衣魚」。漢人說話,有大名冠小名的表達習慣。「魚」是大名,即當今所所謂中心語,「衣」為小名,即定語。「魚衣」與「衣魚」的結構關係,與當今大陸人所說的「熊貓」與港臺人所說的「貓熊」一樣,也與今川南人說「泥鰍」為「魚鰍」一樣。

「魚衣」單稱「蟫、蟫」,別稱「衣魚、蟫魚、白魚、壁魚、書蟲、冊蝦」等,動物類方藥名。為衣魚科衣魚屬的一種無翅昆蟲,也是纓尾目衣魚科昆蟲的通稱。《神農本草經・衣魚》:「衣魚,味鹹,溫,無毒。主治婦人疝瘕,

---

[註82]　《廣韻》平聲韻祇有「咍」韻,而無「哈」韻。《咍韻》云:「菭,魚衣,濕者曰濡苔。亦作苔。《說文》曰:『菭,水衣。』苔,同上。又蘚也。」見《宋本廣韻》第79頁,北京市中國書店1982年据張氏澤存堂本影印。「咍、菭」考釋本誤引為「哈、菭」,補譯本不加考證,仍沿襲考釋本之誤。

小便不利，小兒中風項強背起，摩之。又治淋，墮胎，塗瘡，滅瘢。一名白魚，一名蟫。」南朝梁陶弘景注：「衣中仍有，而不可常得，多在書中。亦可用於小兒淋病閉，以摩臍及小腹，即溺通也。」

虫

一，久傷者，薺（齏）杏霾〈覈（核）〉中人（仁），以職（膱）膏弁，封痏，虫（蟲）即出。【●嘗】試。₂₁/₂₁（《五·諸傷》十四）

本方中的「虫」，帛書本釋爲「蟲」，但無注釋。校釋（壹）本釋文從帛書本，也無注釋。

考注本也釋爲「蟲」，並注：「蟲：此爲創傷已久，瘡口不愈，感染生蟲、生蛆。」

校釋本、集成本改釋爲「虫（蟲）」，均無注釋。

按：今細看集成本新圖版，帛書原本寫作「虫」，應按原書釋爲「虫」。

「虫」甲骨文作，金文作，後世寫作「虺」，上古音屬曉母微部，《廣韻·尾韻》許偉切，今音 huǐ，本義爲蝮蛇。《說文·虫部》：「虫，一名蝮，博三寸，首大如擘指。象其臥形。物之微細，或行，或毛，或蠃，或鱗，以虫爲象。」（十三上）清段玉裁注：「『虫』篆象臥而曲尾形。」清邵瑛羣經正字：「今經典用『虺』字……正字當作『虫』。」《玉篇·虫部》：「盱鬼切。一名蝮博。三寸首，大如擘。象其臥形也。物之微細，或飛行，或毛甲，皆以象之。此古文虺字。」

「虫」與「蟲」原本是兩個不同的字，然秦以後二字已經不分了。《說文·虫部》「虫」清段玉裁注：「古虫、蟲不分，故以『蟲』諧聲之字多省作『虫』，如『融』『蝕』是也。」清徐灝注箋：「虫者，動物之通名……戴氏侗曰：『蟲或爲蚰或爲虫者，從省以便書。』」

秦漢簡帛中的「蟲」多寫作「虫」，如《武威漢代醫簡》簡1「治久欬上氣喉中如百虫鳴狀」。《五十二病方》中的「蟲」也多寫作「虫」，帛書本、校釋（壹）本釋文作「蟲」，不妥；校釋本、集成本改釋爲「虫（蟲）」，也未安。

羖羊矢

加（痂）：以少（小）嬰兒弱（溺）漬羖羊矢，卒其時，以傅之。
347/337（《五·加（痂）》一）

本方中的「羖羊矢」，帛書本注：「羖羊矢，即羊矢，也見於《名醫別錄》，但均無治痂的記載。」集成本注同帛書本。

考注本注：「羖羊矢：公羊屎。《說文》：『夏羊牡曰羖。』亦見於《名醫別錄》。以上二藥物未見治療痂的記載。」

校釋（壹）本注：「羖羊矢：即羊屎。《聖濟總錄》有用『新羊屎絞汁塗之，乾者燒灰煙熏之』治濕痂浸淫的記載，與本方相近。」

考釋本注：「羖（gǔ，穀）——黑色的公羊。《說文·羊部》：『夏羊牡曰羖。』《說文通訓定聲》：『夏羊，黑羊。』羊矢——《名醫別錄》：『羊矢，燔之，主小兒泄痢，腸鳴，驚癇。』《新修本草》注：『羊矢，煮湯下灌。療大人小兒腹中諸疾，疳濕，大小便不通。燒之。熏鼻，主中惡，心腹刺痛。熏瘡，療諸瘡中毒、痔瘻等，骨蒸彌良。』（以上均據《證類本草》卷十七『羖羊角』條轉引）。」

補譯本注：「羖（gǔ牯）：《說文》：『夏羊牡曰羖』，羖羊矢，即公羊屎。」校釋本注同補譯本。

按：本方中的「羖羊矢」，帛書本說「即羊矢」，考注本說「公羊屎」，均不準確。古今醫家用藥非常注重藥物名稱，「羖羊矢」一定是指黑公羊的屎。

《爾雅·釋畜》「牂羖」晉郭璞注：「今人便以『羘』『羖』為白黑羊名。」《說文·羊部》：「羖，夏羊牡曰羖。从羊殳聲。」（四上）清朱駿聲通訓定聲：「夏羊，黑羊。」《急就篇》：「羘、羖、羯、羠、羳、羝、羭。」唐顏師古注：「羖，夏羊之牡也。」

本方若無「羖」則泛指「羊矢」。「羖羊矢（屎）」即黑公羊的屎，動物類方藥名。宋唐慎微《證類本草》卷十：「《唐本》注云：羊屎，煮湯下灌，療大人小兒腹中諸疾、疳濕、大小便不通。燒之，熏鼻，主中惡、心腹刺痛；熏瘡，療諸瘡中毒、痔瘻等。骨蒸彌良。」

羊尼

人蠱而病者：燔北鄉（嚮）并符，而烝（蒸）羊尼（屌），以下湯敦（淳）符灰，即【□□】病者，沐浴爲蠱者。447/437《五·□蠱者》三）

本方中的「羊尼」，帛書本釋爲「羊尼（屌）」，並注：「屌，臀部。」集成本注同帛書本。

考注本注：「羊尼（屌）：羊臀部肉。屌，音器，《說文》：『尻也。』」

校釋（壹）本注：「羊屌：羊臀。」

考釋本逕改釋爲「屌」，並注：「屌（ni，尼）——原作尼。屌與尼上古音均脂部韻。屌爲章母，尼爲泥母。故尼假爲屌。屌即臀部。《說文》：『屌，尻也。從尸旨聲。』《廣雅·釋親》：『屌，臀也。』本條的『羊屌』即羊的臀部。相當羊的大腿。又，赤堀昭氏等以『尼』爲『羠』字之假。《說文》：『羠，騬羊也。』騬羊即去勢（閹割過）的羊。按，尼與爲羠上古音脂部韻，字可通假。今並錄其說供考。」

補譯本注：「尼（屌）：《說文》：『尼，從後（肛門）近之，從尸匕』。『從後近之』本方中羊尼指羊的臀部，肛周組織。」

校釋本注：「羊屌：即羊臀。屌，臀部。《說文·尸部》：『屌，尻也。』」

按：本方中的「羊尼」，帛書本釋爲「羊尼（屌）」，且說「屌，臀部」。繼後各注本均從其釋。赤堀昭認爲「尼」通「羠」，羊羠即「去勢（閹割過）的羊」。以上二說均誤。今細看集成本新圖版，帛書原文確寫作「羊尼」。「尼」即「屌」字之省書。

「羊屌」不是「羊臀」，而是羊鞭。「屌」上古音屬溪母脂部，《廣韻·至韻》詰利切，今音 qì，本義爲臀部。《說文·尸部》：「屌，尻也。從尸旨聲。」（八上）清朱駿聲通訓定聲：「《廣雅·釋親》：『屌，臀也。』」《玉篇·尸部》：「詰地、口奚二切。尻也。」然而作臀部解釋的「屌」除字書外，其他傳世文獻未見用例。

「屌」的另一讀音爲 jī，義爲男（雄）性的生殖器。章炳麟《新方言·釋形體》：「《說文》：屌，尻也。詰利切。今人移以言陰器，天津謂之屌，其餘多云屌把。把者，言有柄可持也，若尾云尾把矣。屌讀平聲如稽。」〔註 83〕

〔註 83〕見《章太炎全集》（七）第 94 頁，上海人民出版社 1999 年版。

黃侃《蘄春語》：「屌，今人通謂前陰曰屌巴，吾鄉謂赤子正陰曰屌兒，正作屌字。蜀人曰屄，亦尻之音轉也。」姜亮夫《昭通方言疏證‧釋人一》「且屌巴腋峻椎子吊鳥鞭子」條云：「甲骨文字結構有一特例，即陰陽牡牝兩性分別較然，凡母性之牛馬犬豕鹿羊皆用『匕』符號，鳥禽則用孳乳之『此』字，凡父性則用『且』若鉢字以明之。且鉢即以表示男性者也。匕即今世稱女性生殖器之『比』字，音比，陰平聲，亦即孳乳之妣字。且即陽石文化 Heliolishic Culture Dolmen（靈石）男性生殖之象也，中土則變爲祖先崇拜之祖，祖本形作鉢，孳乳爲祖，變形爲土（鉢）且字，世言祖妣，則讀爲祖，言男根，則讀爲屌，詰利切（見後），屌音者，祖音之 j 化也，此後世語音變化問題，非語義變化問題也。中土文化所起至早，而其成爲眞眞文字，當在父系社會以後，故祖先崇拜之象，不以女性之匕，而以男根之且也。」〔註84〕

「以下湯敦（淳）符灰」，意爲：用蒸羊鞭的甌腳水來浸泡桃符灰。

肦膊高

　　治奴人膏藥方 棲 三升當歸十分白茝四分付子卅枚甘草七分弓大鄭十分菜草二束凡七物以肦膊高舍之 88甲（《武》木）

　　本方中的「肦膊高」，醫簡本如是釋，並注：「『肦膊』，難作確釋，從簡文看似指和膏用的油脂之類；也可能是以藥膏攤於布帛之上裹用之意。」

　　張麗君說：「『肦』，當爲『肪』的通假字。《康熙字典》『肦』引《廣韻》『布還切，《韻會》《正韻》逋還切，並音班。』『肪』，《說文》『肪，肥也，從肉方聲』。『肪』從方聲。班、方上古聲母同屬幫母，所以『肦』是『肪』的雙聲通假字。就意義而言，《康熙字典》引《玉篇》釋爲『脂肪』。《本草綱目》卷四十七『禽部』，『雁』有『雁肪』，言『每日空心暖酒服二匙雁肪可益氣不饑，輕身耐老』，『日日塗之可生髮毛』。另『鴇』有『鴇肪』，『鶩』有『鶩肪』等。膊，切肉。《康熙字典》『厚切肉爲厚膊』。《淮南子‧繆稱訓》『故同味而嗜厚膊者，必其甘之者也』。故『肦膊』即『肪膊』，義爲豬肉脂肪。用豬肉，豬油脂肪或其他動物脂肪調製膏藥在上古是常有的事，長沙馬王堆出

土的帛書醫籍《五十二病方・諸傷》中屢見不鮮。」〔註85〕

　　注解本注:「朌膊,據張麗君考釋,『朌』爲『肪』的通假字。膊,切肉。朌膊,意爲豬肉脂肪。《五十二病方》中常用豬肉、豬油脂肪或其他動物脂肪調製膏藥(《中華醫史雜誌》1996 年第 2 期)。」

　　袁仁智說:「肪脂,張麗君氏作『朌膊』解,釋『朌』通『肪』。原簡隸草,不煩改字,又『脂肪』(或肪脂)作賦形劑,古醫籍常見。高,通『膏』。」〔註86〕

　　校釋本注:「朌膊:猪油。」

　　按:「朌」《說文》未收。古代字書、韻書有 bān、fén 兩種注音、三種解釋。

　　①頭大或頭大貌。《玉篇・肉部》:「朌,扶云切。大首皃。」《廣韻・删韻》:「朌,大首。」《集韻・文韻》:「朌,大首皃。或從肉。」

　　②眾貌。《集韻・文韻》:「朌,眾皃。或從肉。」

　　③同「頒」,即頒賜、賦予。《說文・頁部》「頒」清朱駿聲通訓定聲:「頒,字亦作朌。」《集韻・删韻》:「朌,通作頒。」《禮記・聘禮》:「朌肉及廋車。」漢鄭玄注:「朌,猶賦也。」《禮記・王制》:「凡九十三國,名山大澤不以朌,其餘以祿士以爲間田。」鄭玄注:「朌,讀爲班。」唐陸德明釋文:「朌,音班。賦也。」

　　「朌」的第①②義無文献例證,第③義雖有例證,但與「脂肪」義不相干。

　　「膊」的本義爲晾曬生肉。《說文・肉部》:「膊,薄脯。膊之屋上。从肉專聲。」(四下)清段玉裁注:「『膊之屋上』當作『薄之屋上』。薄,迫也。《釋名〔・釋飲食〕》:『膊,迫也。薄椓肉、迫箸物,使燥也。』說與許同。《方言》:『廉,暴也。燕之外郊,朝鮮、洌水之閒,凡暴肉、發人之私、披牛羊之五臟謂之膊。』《左傳〔・成公二年〕》『龍人囚盧蒲就魁,殺而膊諸城上』,《周禮〔・秋官・司寇〕》『斬殺賊諜而膊之』,皆謂去衣磔其人,如迫膊於屋上也。」〔註 87〕引申爲切成塊的乾肉。《廣雅・釋器》:「膊,脯也。」《淮南子・繆稱訓》:「故同味而嗜厚膊者,必其甘之者也。」漢許慎注:「厚膊,厚

〔註85〕張麗君:《「朌膊」考釋》,《古漢語研究》1995 年第 1 期。

〔註86〕袁仁智:《武威漢代醫簡校注拾遺》,《中醫研究》2011 年第 6 期。

〔註87〕〔清〕段玉裁:《說文解字注》第 174 頁,上海古籍出版社 1988 年版。

切肉也。」

張麗君先生說「『肞』爲『肪』的通假字」，衹憑古代二字讀音的相近爲證，很難有說服力。再者，說《淮南子》「厚膊」的「膊」爲「切肉」，就得出「肞膊，意爲豬肉脂肪」的結論，近乎臆測。《淮南子》所謂「厚膊」，並非「豬肉脂肪」，而是指切得厚厚的風乾肉。這樣的乾肉，怎麼能製成膏藥呢？

「肞膊」之「膊」，木牘原文本寫作「𦙍（腴）」，醫簡本、注解本誤釋爲「膊」。袁仁智先生釋爲「脂肪」，並云：「原簡隸草，不煩改字，又『脂肪』（或肪脂）作賦形劑，古醫籍常見。」也不確。「腴」的本義爲腹部的肥肉、脂肪。《說文・肉部》：「腴，腹下肥也。从肉臾聲。」清段玉裁改「也」爲「者」，並注：「『者』各本作『也』，今依《文選》注。此謂人。《論衡・傳語》曰『堯若臘，舜若腒，桀紂之君垂腴尺餘』，是也。若少儀，羞濡魚者進尾，冬右腴。〔枚乘〕《七發》『犓牛之腴』，假人之偂偂之也。」《靈樞經・衛氣失常篇》：「伯高曰：『膏者多氣而皮縱緩，故能縱腹垂腴。』」「肞腴」即豬、羊類動物的板油。

本方的「高」是「膏」的記音字。「肞腴高」即「肞腴膏」，指以豬、羊類動物的板油爲主要成分製成的膏藥。正因爲豬、羊類動物的板油都能用來製作膏藥，故本方書寫者沒有用「豬肪」一詞來表示，而說成「肞腴」。在《武威漢代醫簡》中，如果方藥衹用豬油，則用「豬肪」來表示。如簡17：「治百病膏藥方：蜀椒一升，付子廿果，皆父。豬肪三斤，煎之，五沸後去宰（滓）。有病者，取大如羊矢，溫酒飲之，日三、四。」

囷土

一，炁（蒸）囷（鹵）土，裹以尉（熨）之。325/315（《五・火闌（爛）者》十）

本方中的「囷土」，帛書本注：「囷，應即圈字。」繼後考注本、校釋（壹）本、考釋本均從其釋。

考注本注：「囷土：囷，疑爲圈字或讀爲圂字。圈，《說文》：『養畜之閑也。』圈土即牲畜圈中的墊土。圂，豬圈也。」

校釋（壹）本注：「囷土：李學勤先生指出，『據江陵張家山竹簡及一些

陶文的發現，囷確證爲鹵字。鹵土當即《神農本草經》的鹵鹹，《唐本草》注云：『鹵鹹既生河東，河東鹽不釜煎，明非凝滓。此是城土，名鹵鹹，今人熟皮用之，斯則於鹼地掘取之。』》《神農本草經》稱其『味苦，寒。主大熱，消渴、狂煩，……柔肌膚。』《名醫別錄》稱其『去五臟腸胃留熱結氣』。皆與本方意近。」

考釋本注：「囷——當即圈字之形訛。《說文·口部》：『圈，養畜之閑也。』段注：『畜，當作獸……閑，闌也。』《蒼頡篇》：『圈，檻類也。』《管子·立政》：『圈屬。』尹注：『圈屬，羊、豕之類也。』」

補譯注本：「囷土：囷，從口從米，《玉篇》：『囗，故圍字』。《說文》：『囗，回也』，段注：『回，轉也，按圍繞，……圍行而囗廢矣』。甲骨文米字作米（粹227），一橫上下都似小字。口中有米（米）疑與屎同類。甲骨文屎字作『（京津272.8）』，李孝定《甲骨文字集釋》：『屎（）正象人遺屎形，……從心若小』。囷象口中有米（），這裡的米（）即人遺屎（雄）形之。又囷象口中有豕。《說文》：『圂，豬廁也』，所謂豬廁，即養豬和豬遺屎的地方。由此，囷中之米（）轉釋爲豕遺之屎（），故囷釋圂（lùn），囷（lùn）土即豬圈內的土。此釋在《爛者方》中有兩證。第十一治方講：『以湯（燙）熱者，熬彘矢，漬以盬（醢），封之』。第十二治方講：『以湯（燙）大熱者，熬彘矢，以酒挲，封之』。這兩方都採用豬矢封（敷）傷。我們知道，豬食穀物，豬屎性寒，故豬囷（圂）土亦寒，故豬屎和豬囷（圂）土均可治燒傷。」

校釋本注：「囷土：即鹵土。《神農本草經》稱爲鹵鹽，謂其『主大熱，消渴、狂煩，除邪及下蠱毒，柔肌膚』。《名醫別錄》稱其『去五臟腸胃留熱結氣』。阜陽漢簡《萬物》有『圂土』，與此相同。」

集成本改釋「囷」爲「鹵」，並注：「原注：囷，應即圈字。李學勤（1990）：最近由於江陵張家山竹簡及一些陶文的發現，才知道這個字（引者按：即囷）乃是鹵字。鹵土當即《神農本草經》的鹵鹹。今按：張家山竹簡《二年律令·金布律》436號簡有『鹵鹹』一詞，其中『鹵』作『菡』」

按：「囷土」，帛書本如是釋，且認爲「囷，應即圈字」，繼後各注本多從其釋。校釋本、集成本據李學勤說改釋爲「鹵土」，然集成本又指出「出張家山竹簡《二年律令·金布律》436號簡有『鹵鹹』一詞，其中『鹵』作『菡』」，李

學勤先生說可商。我們認爲，帛書本釋爲「圈」無誤，不當改釋。

「囷」從囗從米，會意字。其中的「米」代表排出的糞便。在古文字構形中，「米」在「囗」中表示食入的食物（比如「胃」，初文作「囷」，其中的「米」就代表食入的糧食），也表示豬圈，在臀部後則表示糞便（比如「屎」，甲骨文作𠂤，其後的「米」就表示糞便）。

「囷」是漢代新造的字，即「圈」字的異體。「圈」古代稱養牲畜的土屋。《說文·囗部》：「圈，養畜之閑也。从囗卷聲。」（六下）清段玉裁注：「閑，闌也。《牛部》：『牢，閑，養牛馬圈也。』是『牢』與『圈』的通稱也。」本方的「囷土」即「圈土」，而非「鹵土」。

埨

大帶者：燔埨，與久膏而靡（磨），即傅之。₁₃₂/₁₃₂（《五·大帶》一）

本方中的「埨」，帛書本注：「埨，或以爲墻字，藥名，未詳。」考釋本注同帛書本。

考注本注：「燔埨：帛書整理小組認爲墻，『或以爲墻字，藥名，未詳。』按：埨，疑爲塔（tá　沓）字誤：笔，塔，《集韻》：『累土也。』《老子·六十四》：『九層之臺，起於累土。』累土即堆土。燔埨，當爲一種燔燒過的泥土。」

校釋（壹）本注：「埨：藥名，未詳。當爲土類，古方外治丹毒，常選用白堊泥、燕窠土、蜂窠土、簷溜下土、釜下土、伏龍肝等入藥。」校釋本注同考注本、校釋（壹）本。

補譯本注：「埨：古藥名，不詳。依字形分析：從土從小從田，都與土（小土）有關……存疑待考。」

按：從集成本新圖版看，帛書原文本寫作「埨」，此前各注本均云「藥名，未詳」，「存疑待考」。《中醫學大辭典》中有一種治療蛇纏丹的方法，即用「陳石灰，麻油調敷」，〔註88〕再結合帛書「埨」字的書寫看，我們認爲該字應爲「堊」字之譌體。

「堊」本義爲用白色塗料刷牆。《爾雅·釋宮》：「牆謂之堊。」晉郭璞注：

〔註88〕謝觀主編：《中國醫學大辭典》第 3748 頁，商務印書館 2003 年版。

「白飾牆也。」清郝懿行義疏：「按：飾牆古用白土，或用白灰，宗廟用蜃灰。」〔註89〕《韓非子・說林》：「宮有堊器，有滌則潔矣。」引申爲白色的土。唐玄應《一切經音義》卷十一引《蒼頡篇》：「堊，白土也。」《說文・土部》清段玉裁注：「塗白爲堊，因謂白土爲堊。」《莊子・徐無鬼》：「匠石運斤成風，聽而斲之，盡堊而鼻不傷。」唐成玄英注：「堊者，白善土也。」「白善土」今俗稱「觀音土」。

石灰爲白土之一，故本方之「堊」特指塗在牆上的石灰，即「陳石灰」。

鍛鐵者灰

去人馬疣方⌐：取鍛（鍛）鐵者灰三【□□】汒【□□□□□□□□□□□□□□□□】₄₅₆／₄₄₆以鍑煮⌐，安炊之，勿令疾沸，【□】不盡可一升，□□□以金□【□】□□【□□□□□□】₄₅₇／₄₄₇去，復再三傅其處而巳（已）。₄₅₈／₄₄₈（《五・去人馬疣》一）

本方「鍛鐵者灰」之「鍛」，帛書本釋爲「段（鍛）」，但無注釋。考注本、校釋（壹）本、補譯本、校釋本釋文從帛書本。

考注本：「段（鍛）鐵者灰：當即鐵落。《新修本草》云：鐵落『是鍛家燒鐵赤沸，砧上鍛之，皮甲落者』。《神農本草經》載：鐵落治『風熱惡瘡，疽瘍瘡痂，疥氣在皮膚中。』」

校釋（壹）本注：「鍛鐵灰：即鍛竈灰。《名醫別錄》稱其『主治癥瘕堅積，去邪惡氣』，《集元方》用『水調礦灰一盞，好糯米全者，半插灰中，半在灰外，經宿，米色變爲水精光，以針微撥動，黑點少許於上，經數日汁出，剔去藥，不得著水，二日而愈也』，治面贅疣痣，用意皆與本方相似。」

考釋本逕改釋爲「鍛」，並注：「鍛（段）鐵者灰——相當鐵落。《本經》：『鐵落，味辛平。主風熱，惡瘡疽瘍，瘡痂疥氣在皮膚中。』《新修本草》注：『是鍛家燒鐵赤沸，砧上鍛之，皮甲落者。』（均見《證類本草》卷4）」

補譯本注：「鍛鐵者灰：即打鐵過程中掉下的氧化鐵的屑末，《五十二病方》引《神農本草經》釋此爲『鐵落』，各家從之。然《神農本草經》講『鐵

精』（落）……生平澤」，《名醫別錄》講：『鐵落……一名鐵液，可以染皂，生牧羊平澤及枋城』。這些記載均與『鐵落灰』文意不符，應予澄清。」

校釋本注：「鍛鐵者灰：即鐵落。《神農本草經》謂其『主風熱惡瘡，疽瘍瘡痂，疥氣在皮膚中』。魏啓鵬（1992）認爲，指鍛竈灰。《名醫別錄》稱其『主治癥瘕堅積，去邪惡氣』。」

集成本改釋爲「鍛」，並注：「鍛，原釋文作『段』。周一謀、蕭佐桃（1989：223-224）：鍛鐵者灰：當即鐵落。《新修本草》云：鐵落『是鍛家燒鐵赤沸，砧上鍛之，皮甲落者』。《神農本草經》載：鐵落治『風熱惡瘡，疽瘍瘡痂，疥氣在皮膚中』。」

按：「鍛鐵者灰」之「鍛」，帛書本釋爲「段（鍛）」，集成本改釋爲「鍛」。今細看集成本新圖版，帛書原文的確寫作「鍛」，集成本改釋爲是。「鍛」爲「鍛」的異體字，《漢語大字典》未收此字。

「鍛鐵者灰」之「者」，各注本均無注解，應同結構助詞「之」。「鍛鐵者灰」即「鍛鐵之灰」，前人有三種解釋：考注本說是「鐵落」，校釋（壹）本說是「鍛竈灰」，補譯本說是「打鐵過程中掉下的氧化鐵的屑末」。考注本「鐵落」之說可信。

「鐵落」別名「生鐵洛、鐵液、鐵屎、鐵屑、鐵花、鐵蛾」，從燒紅了的鐵上敲打下來的鐵屑，礦物類方藥名。屬晶體結構屬等軸晶系，晶體爲八面體、菱形十二面體等，或爲粗至細粒的粒塊狀集合體。鐵黑色，表面或氧化、水化爲紅黑、褐黑色調；風化嚴重者，附有水赤鐵礦、褐鐵礦被膜。條痕黑色，不透明，無解理，斷口不平坦。硬度 5.5-6，相對密度 4.9-5.2，性脆，具有強磁性，碎塊可被手磁鐵吸著，或塊體本身可吸引鐵針等鐵器。炮製方法，去除鐵落中的煤土雜質，洗淨，曬乾。其味辛，性微溫、平，無毒，可入藥。有平肝鎮驚等功效。主治癲狂、熱病、譫妄、心悸、易驚、善怒、瘡瘍、腫毒等病症。

《神農本草經・鐵落》：「鐵落，味辛，甘，平，無毒。主治風熱、惡瘡、疽瘍、瘡痂、疥氣在皮膚中，除胸膈中熱氣餘、食不下、心煩，去黑子。一名鐵液。可以染皂。生牧羊澤及枋城或析城。採無時。」謝觀主編《中國醫學大辭典・鐵落》：「【鐵落】本經中品。制法煅鐵時，砧上打落之鐵屑。鐵銚內煅赤，醋淬七次用。性質辛平無毒（或作甘寒有毒）。功能平肝去怯，治善怒、

發狂、驚邪、癲癇、賊風痓（炒熱，投酒中飲）、風熱、氣竄皮膚、打鬼、鬼疰
（水漬沫出，澄清暖飲一二杯）、胸膈熱、飲食不下、腋下狐臭（裹熨之）、食
積、冷氣（煎服）、小兒客忤丹毒（研末，豬脂和敷），療惡瘡、瘍疽，去黑子，
染皂色。」〔註90〕

〔註90〕見謝觀主編《中醫大辭典》第 4580 頁，商務印書館 2003 年版。

主要參考文獻

（一）著作類

1. 〔漢〕司馬遷撰，〔南朝宋〕裴駰集解，〔唐〕司馬貞索隱，〔唐〕張守節正義：《史記》，中華書局 1982 年第 2 版。

2. 〔漢〕許慎撰，〔宋〕徐鉉等校定：《說文解字》，中華書局 1963 年據清同治年間陳昌治刻本影印。

3. 〔南朝梁〕蕭統編，〔唐〕李善注：《文選》，中華書局 1977 年版。

4. 〔南朝梁〕陶弘景輯，尚志鈞、尚元勝輯校：《神農本草經集注》（輯校本），人民衛生出版社 1994 年版。

5. 〔隋〕巢元方等撰，南京中醫學院校釋：《諸病源候論》，人民衛生出版社 1982 年版。

6. 〔唐〕陸德明：《經典釋文》，中華書局 1983 年版。

7. 〔南唐〕徐鍇：《說文解字繫傳》，中華書局 1987 年据清道光年間祁儁藻刻本影印。

8. 〔宋〕洪興祖《楚辭補注》，中華書局 1983 年版。

9. 〔宋〕丁度等編：《集韻》，上海古籍出版社 1985 年版

10. 〔宋〕唐慎微：《證類本草》，《欽定四庫全書》子部五醫家類，上海人民出版社、迪志文化出版有限公司 1999 年版。

11. 《宋本玉篇》，北京市中國書店 1983 年據張氏澤存堂本影印。

12. 《宋本廣韻》，北京市中國書店 1982 年據張氏澤存堂本影印。

13. 〔明〕繆希雍：《神農本草經疏》，中國中醫藥出版社 1997 年版。

14. 〔明〕李時珍：《本草綱目》，《欽定四庫全書》子部五醫家類，上海人民出版社、

迪志文化出版有限公司 1999 年版。

15. 〔清〕郝懿行《爾雅義疏》，上海古籍出版社 1983 年據上海圖書館藏清同治四年郝氏家刻本影印本。

16. 〔清〕王先謙撰集：《釋名疏證補》，上海古籍出版社 1984 年據上海圖書館藏清光緒二十二年本影印。

17. 〔清〕阮元校刻：《十三經注疏》，中華書局 1980 年影印本。

18. 〔清〕戴震撰，趙玉新點校：《戴震文集》，中華書局 1980 年版。

19. 〔清〕段玉裁：《說文解字注》，上海古籍出版社 1988 年第 2 版。

20. 〔清〕段玉裁撰，鍾敬華校點：《經韻樓集》，上海古籍出版社 2008 年版。

21. 〔清〕王念孫：《廣雅疏證》，中華書局 1983 年影印本。

22. 〔清〕王念孫：《讀書雜志》，江蘇古籍出版社 2000 年版。

23. 〔清〕王引之：《經義述聞》，江蘇古籍出版社 2000 年版。

24. 〔清〕桂馥：《說文解字義證》，中華書局 1987 年據清同治三年湖北崇文書局刻本影印。

25. 〔清〕錢大昕：《十駕齋養新錄》，江蘇古籍出版社 2000 年版。

26. 〔清〕王筠：《說文釋例》，中華書局 1987 年據清道光三十年刻本影印。

27. 〔清〕朱駿聲：《說文通訓定聲》，武漢市古籍書店 1983 年影印本。

28. 〔清〕俞樾等著：《古書疑義舉例五種》，中華書局 1956 年版。

29. 〔清〕孫詒讓撰，孫啓治點校：《墨子閒詁》，中華書局 2001 年版。

30. 〔清〕孫詒讓撰，孫啓治點校：《墨子閒詁》，中華書局 2001 年版。

31. 〔清〕羅振玉：《殷虛書契考釋三種》，中華書局 2006 年影印本。

32. 〔清〕江藩撰，周春健校注：《經解入門》，華東師範大學出版社 2010 年版。

33. 〔清〕羅振玉、王國維編著：《流沙墜簡》，中華書局 1993 年版。

34. 林義光：《文源》，中西書局 2012 年版。

35. 《章太炎全集》（七），上海人民出版社 1999 年版。

36. 陳獨秀著、劉志成整理校訂：《小學識字教本》，巴蜀書社 1995 年版。

37. 李孝定編述：《甲骨文字集釋》，中央研究院歷史語言研究所 1965 年版。

38. 甘肅省博物館、武威縣文化館合編：《武威漢代醫簡》，文物出版社 1975 年版。

39. 馬王堆帛書整理小組：《馬王堆帛書〔肆〕》，文物出版社 1985 年版。

40. 王力：《漢語史稿》，中華書局 1980 年新 1 版。

41. 王力：《同源字典》，商務印書館 1982 年版。

42. 吳楓：《中國古典文獻學》，齊魯書社 1982 年版。

43. 楊堃：《民族學概論》，中國社會科學出版社 1984 年版。

44. 于豪亮：《于豪亮學術文存》，中華書局 1985 年版。

45. 王文虎、張一舟、周家筠：《四川方言詞典》，四川人民出版社 1987 年版。

46. 〔日〕江村治樹主編:《馬王堆出土醫書字形分類索引》,有斐書房 1987 年版。

47. 周一謀、蕭佐桃:《馬王堆醫書考注》,天津科學技術出版社 1988 年版。

48. 周一謀:《馬王堆簡帛與古代房中養生》,嶽麓書社 2005 年版。

49. 周一謀譯注、羅淵祥審校:《馬王堆漢墓出土房中養生著作譯釋》,香港海峰出版社 1990 年第一版。

50. 徐中舒主編:《甲骨文字典》,四川辭書出版社 1989 年版。

51. 徐中舒主編:《漢語大字典》,四川辭書出版社、湖北崇文書局 2010 年版。

52. 羅竹風主編:《漢語大辭典》(縮印本),漢語大辭典出版社 1997 年版。

53. 于省吾主編、姚孝遂按語編撰:《甲骨文字詁林》,中華書局 1996 年版。

54. 何琳儀:《戰國古文字典——戰國文字聲系》,中華書局 1998 年版。

55. 魏啓鵬、胡翔驊:《馬王堆漢墓醫書校釋〔壹〕〔貳〕》,成都出版社 1992 年版。

56. 馬繼興:《馬王堆古醫書考釋》,湖南科學技術出版社 1992 年版。

57. 馬繼興:《出土亡佚古醫籍研究》,中醫古籍出版社 2005 年版。

58. 裘錫圭:《古文字論集》,中華書局 1992 年版。

59. 裘錫圭主編:《長沙馬王堆漢墓簡帛集成〔伍〕〔陸〕》,中華書局 2014 年版。

60. 周祖謨:《方言校箋》,中華書局 1993 年版。

61. 李零:《中國方術考》,人民大學出版社 1993 年版。

62. 長青(張顯成):《房事養生典籍·馬王堆漢墓帛書》,西北大學出版社 1993 年版。

63. 張顯成:《簡帛藥名研究》,西南師範大學出版社 1997 年版。

64. 張顯成:《先秦兩漢醫學用語研究》,巴蜀書社 2000 年版。

65. 張顯成:《先秦兩漢醫學用語匯釋》,巴蜀書社 2002 年版。

66. 張顯成:《簡帛文獻學通論》,中華書局 2004 年版。

67. 張顯成:《簡帛文獻論集》,巴蜀書社 2008 年版。

68. 陳松長:《馬王堆帛書藝術》,上海書店 1996 年版。

69. 陳松長:《馬王堆簡帛文字編》,文物出版社 2001 年版。

70. 張延昌、朱建平編著:《武威漢代醫簡研究》,原子能出版社 1996 年版。

71. 張延昌主編:《武威漢代醫簡注解》,中醫古籍出版社 2006 年版。

72. 李圃主編:《異體字字典》,學林出版社 1997 年版。

73. 徐利明:《中國書法風格史》,河南美術出版社 1997 年版。

74. 吳小強:《秦簡日書集釋》,嶽麓書社 2000 年版。

75. 林河:《中國巫儺史》,花城出版社 2001 年版。

76. 姜亮夫:《姜亮夫全集》,雲南人民出版社 2002 年版。

77. 謝觀主編:《中國醫學大辭典》,商務印書館 2003 年版。

78. 劉釗:《出土簡帛文字叢考》,臺灣古籍出版有限公司 2004 年版。

79. 嚴健民編著：《五十二病方注補譯》，中醫古籍出版社 2005 年版。

80. 楊樹達：《積微居小學述林全編》，上海古籍出版社 2007 年版。

81. 〔日〕小曾戶洋、長谷部英一、町泉壽郎合著：《馬王堆出土文獻譯注叢書——五十二病方》，東京株式會社東方書店 2007 年版。

82. 黃文傑：《秦至漢初簡帛文字研究》，商務印書館 2008 年版。

83. 徐時儀校注：《一切經音義三種校本合刊》，上海古籍出版社 2008 年版。

84. 白於藍：《簡牘帛書通假字字典》，福建人民出版社 2008 年版。

85. 白於藍：《戰國秦漢簡帛古書通假字彙纂》，福建人民出版社 2012 年版。

86. 樊中岳、陳大英、陳石編：《簡牘帛書書法字典》，湖北美術出版社 2009 年版。

87. 郭錫良：《漢字古音手冊》（增訂本），商務印書館 2010 年版。

88. 王曉光編著：《新出漢晉簡牘及書刻研究》，榮寶齋出版社 2013 年版。

89. 鍾如雄：《苦粒齋漢學論叢》，中國社會科學出版社 2013 年版。

90. 鍾如雄：《轉注系統研究》，商務印書館 2014 年版。

91. 鍾如雄：《說文解字論綱》（修訂本），中國社會科學出版社 2014 年版。

92. 周德生、何清湖：《馬王堆醫方釋義》，人民軍醫出版社 2014 年版。

93. 李盛華、張延昌主編：《武威漢代醫簡研究集成》，安徽科學技術出版社 2014 年版。

94. 裘錫圭主編：《長沙馬王堆漢墓簡帛集成〔伍〕〔陸〕》，中華書局 2014 年版。

95. 喻遂生：《文字學教程》，北京大學出版社 2014 年版。

96. 周祖亮、方懿林：《簡帛醫藥文獻校釋》，學苑出版社 2014 年版。

97. 孫玉文：《漢語變調構詞考》，商務印書館 2015 年版。

98. 〔日〕廣瀨薰雄：《簡帛研究論集》，上海古籍出版社 2019 年版。

（二）學術論文類

1. 張振平：《從帛書〈五十二病方〉看先秦藥學的發展》，《山東中醫學院學報》1979 年第 1 期。

2. 李鍾文：《〈五十二病方〉中膏脂類藥物的探討》，《長沙馬王堆醫書研究專刊》第一輯，《湖南中醫學院學報》1980 年。

3. 尚志鈞：《〈五十二病方〉殘缺字試補》，《長沙馬王堆醫書研究專刊》第二輯，《湖南中醫學院學報》1981 年。

4. 陸宗達、王寧：《談比較互證的訓詁方法》，陸宗達主編《訓詁研究》第一輯，北京師範大學出版社 1981 年版。

5. 〔日〕赤堀昭：《武威漢代醫簡研究》，《東方學報》第 50 期，1981 年。

6. 馬繼興：《馬王堆漢墓醫書中藥物劑量的考察》，《中國醫學雜誌》1981 年第 3 期。

7. 孫啓明：《〈五十二病方〉僕纍考》，《中成藥研究》1983 年第 5 期。

8. 宋經中、吳子明：《試論〈五十二病方〉是我國現存最早的一部驗方集》，《湖南中醫學院學報》1984 年第 2 期。

9. 于豪亮：《帛書〈周易〉》，《文物》1984 年第 3 期。

10. 趙有臣：《〈五十二病方〉中幾種藥物的考釋》，《中華醫史雜誌》1985 年第 2 期。

11. 劉衡如：《蘭茹與茹藘異同之我見》，《中醫雜誌》1986 年第 3 期。

12. 尚志鈞：《〈五十二病方〉「蟨魚」考釋》，《中藥材》1986 年第 4 期。

13. 何雙全：《〈武威漢代醫簡〉釋文補正》，《文物》1986 年第 4 期。

14. 劉綱：《〈武威漢代醫簡〉「大黃」考釋》，《中藥材》1986 年第 5 期。

15. 裘錫圭：《馬王堆醫書釋讀瑣議》，《湖南中醫學院學報》1987 年第 4 期。

16. 裘錫圭：《馬王堆三號墓「養生方」簡文釋讀瑣談》，《湖南考古輯刊》第四輯，嶽麓書社 1987 年版。

17. 袁瑋：《〈五十二病方〉祝由療法淺析》，《湖南中醫學院學報》1988 年第 1 期。

18. 王輝：《〈武威漢代醫簡〉疑難字求義》，《中華醫史雜誌》1988 年第 2 期。

19. 王寧：《〈五十二病方〉圥卵考》，《中華醫史雜誌》1988 年第 3 期。

20. 張標：《詞語札記（二）》，《文史》第三十輯，中華書局 1988 年版。

21. 梁茂新：《從〈五十二病方〉看先秦時期的藥學成就》，《中醫研究》1988 年第 4 期。

22. 梁茂新：《〈五十二病方〉「產齊赤」考》，《中華醫史雜誌》1992 年第 2 期。

23. 潘遠根：《馬王堆醫書〈雜療方〉考辨》，《湖南中醫學院學報》1989 年第 3 期。

24. 焦振濂、王怡：《〈五十二病方〉巫祝術之時代環境與文化淵源》，中華全國首屆馬王堆醫術學術討論會《湖南醫學院論文專集》，年。

25. 陽太：《祝由術漫筆》，中華全國首屆馬王堆醫術學術討論會《湖南醫學院論文專集》1990 年。

26. 周世榮：《馬王堆房中養生學：中國最古老的性氣功醫學》，臺北《氣功》1990 年。

27. 孫曼之：《〈五十二病方〉箋識二則》，《中國醫史雜誌》1990 年第 2 期。

28. 陳國清：《〈武威漢代醫簡〉釋文再補》，《文物與考古》1990 年第 4 期。

29. 施謝捷：《武威、馬王堆漢墓出土古醫籍雜考》，《古籍整理研究學刊》1991 年第 5 期。

30. 辛智科：《試論馬王堆出土竹簡〈養生方〉》，《陝西中醫》1990 年第 6 期。

30. 李學勤：《「冶」字的一種古義》，《語文建設》1991 年第 11 期。

31. 林進忠：《武威漢代醫簡的行草書法》，國立臺灣藝術大學《藝術學報》第 72 期，1992 年。

32. 李書田：《〈五十二病方〉的文字通用及研究意義》，《四川中醫》1992 年第 1 期。

33. 鍾如雄：《從〈山海經〉「爲‧M」看「爲」的代詞性質》，見《西南民族學院學報》1992 年第 2 期。

34. 鍾如雄：《〈漢語大字典〉（卷四）不明關係字疏證》，北京師範大學《勵耘學刊》

（語言卷）2007 年第一輯，學苑出版社 2007 年版。

35. 鍾如雄：《釋「婁」》，北京師範大學《勵耘學刊》（語言卷）2008 年第一輯，學苑出版社 2008 年版。

36. 鍾如雄、胡娟：《「古音通假」說的歷史反思》，四川師範大學漢語研究所編《語言歷史論叢》第八輯，巴蜀書社 2015 年版。

37. 鍾如雄、胡娟：《〈五十二病方〉釋文字詞勘誤》，《西南民族大學學報》（人文社科版）2015 年第 11 期。

38. 鍾如雄、胡娟、劉春語：《「聲訓」說的歷史反思》，《東亞人文學》第四十三輯，〔韓〕東亞人文學會出版發行，2018 年 6 月。

39. 胡娟：《四十年來出土醫簡文字研究之缺失——以《五十二病方》《武威漢代醫簡》為例》（《Summary on the studies of the unearthed oo medical books for the past Forty years---take *Prescriptions of fifty-two diseases and Han medical books of WuWei* for example》），inese Studies》（《中國研究》）2016 年 1 月第 1 期。

40. 胡娟、鍾如雄：《漢代簡帛醫書句讀勘誤四則》，《東亞人文學》第四十五輯，〔韓〕東亞人文學會出版發行，2018 年 12 月。

41. 石琳、胡娟、鍾如雄：《從漢代醫簡看祝由術的禳病法》，《雲南師範大學學報》2016 年第 6 期。

42. 劉春語、張顯成：《釋張家山漢簡〈脈書〉的「戒」「弱」「閉」「馬蛕」》，《古籍整理研究學刊》2015 年第 2 期。

43. 張顯成：《〈馬王堆漢墓帛書〉兩種醫書用字現象考》，《研究生論叢》，四川大學出版社 1994 年版。

44. 張顯成：《簡帛醫書藥名釋讀續貂》，《甘肅中醫學院學報》1994 年第 4 期。

45. 張顯成：《「彙吾」即「鬼臼」——簡帛醫書短札》，《成都中醫學院學報》1995 年第 1 期。

46. 張顯成：《馬王堆醫書藥名「汾囷」試考》，《中華醫史雜誌》1996 年第 4 期。

47. 張顯成：《馬王堆醫書藥名試考》，《湖南中醫學院學報》1996 年第 4 期。

48. 張顯成：《馬王堆佚醫書釋讀札記》，《簡帛研究》第二輯，廣西教育出版社 1996 年版。

49. 張顯成：《簡帛文獻對辭書編纂的價值》，《辭書研究》1998 年第 1 期。

50. 張顯成：《試論用「語流音變」理論解讀簡帛藥名——兼論古音的研究》，中國中醫藥學會李時珍學術研討會編《中華傳統醫藥新中醫古籍出版社 1998 年版。

51. 張顯成：《論簡帛的新詞新義研究價值》，四川大學《漢語史研究集刊》第二輯，巴蜀書社 2000 年版。

52. 張顯成：《從馬王堆醫書俗字看簡帛俗字研究對後世俗字及俗字史研究的意義》，《湖南省博物館館刊》第一輯，《船山學刊》2004

53. 張顯成：《〈武威醫簡〉異體字初探》，《中國文字研究》第六輯，廣西教育出版社 2005 年版。

54. 張顯成：《馬王堆醫書中的新興量詞》，《湖南省博物館館刊》第二輯，嶽麓書社 2005 年版。

55. 張俊之、張顯成：《帛書〈五十二病方〉數量詞研究》，《簡帛語言文字研究》第一輯，巴蜀書社 2002 年版。

56. 史常永：《張家山漢簡〈脈書〉〈引書〉釋文通訓》，《中華醫史雜誌》1992 年第 3 期。

57. 周一謀：《簡帛〈養生方〉及〈雜療方〉中的方藥》，《福建中醫藥》1992 年第 6 期。

58. 李零：《高羅佩與馬王堆房中書》，湖南省博物館編《馬王堆漢墓研究文集——1992 年馬王堆漢墓國際學術討論會論文選》，湖南社 1994 年版。

59. 沈頌金：《漢代醫學簡的價值及其研究》，《西北史地》1994 年第 3 期。

60. 孫家洲：《漢代巫術巫風探幽》，《社會科學戰線》1994 年第 5 期。

61. 張麗君：《「肦膊」考釋》，《古漢語研究》1995 年第 1 期。

62. 張麗君：《〈武威漢代醫簡〉「茋啓」考釋》，《中華醫史雜誌》1996 年第 1 期。

63. 張麗君：《〈五十二病方〉祝由之研究》，《中華醫學雜誌》1997 年第 3 期。

64. 張麗君：《〈五十二病方〉藥物量詞舉隅》，《古漢語研究》1998 年第 1 期。

65. 李牧：《麻風第一方考》，《中華醫史雜誌》1995 年第 2 期。

66. 倪世美：《馬王堆〈養生方〉「加」義明辨》，《成都中醫藥大學學報》1995 年第 2 期。

67. 徐莉莉：《馬王堆漢墓帛書〔肆〕所見稱數法考察》，《古漢語研究》1997 年第 1 期。

68. 徐莉莉：《武威漢代醫簡異體字考》，《天津師範大學》（社科版）2005 年第 6 期。

69. 陳力、黃新建：《從〈萬物〉和〈五十二病方〉看春秋戰國時期藥物學發展狀況》，《湖南中醫學院學報》1997 年第 2 期。

70. 轟耀、李永清、高美先：《從〈五十二病方〉看先秦時期中藥學發展概況》，《內蒙古醫學院學報》1997 年第 3 期。

71. 劉釗：《馬王堆帛書〈五十二病方〉中一個久被誤釋的藥名》，《古籍整理研究學刊》1997 年第 3 期。

72. 劉釗：《馬王堆漢墓帛書〈雜療方〉校釋札記》，《古文字研究》第二十八輯，中華書局 2010 年版。

73. 杜勇：《〈武威漢代醫簡〉考釋》，《甘肅中醫》1998 年第 1 期。

74. 杜勇：《〈武威漢代醫簡〉43、43 簡考釋》，《甘肅中醫》1998 年第 5 期。

75. 李具雙：《〈武威漢代醫簡〉的用字特點》，《中醫文獻雜誌》2001 年第 2 期。

76. 李具雙：《「高藥」考》，《中醫文獻雜誌》2002 年第 2 期。

77. 孫啓明：《〈馬王堆醫帛書〉中「人病馬不癇」之「不」字談》，《中華醫史雜誌》2001 年第 3 期。

78. 周平、夏時：《論簡帛書法發展的内在原因及其載體的文化意義》，《湘潭工業學院學報》（社科版）2002 年第 2 期。

79. 張延昌：《武威漢代醫簡出土後的研究現狀》，《甘肅科技》2002 年第 9 期。

80. 張延昌：《武威漢代醫簡出土文物對藥學貢獻考證》，《中醫藥學刊》2003 年第 7 期。

81. 張延昌、吳礽驤、田雪梅等：《〈武威漢代醫簡〉句讀補正注解（一）》，《甘肅中醫》2004 年第 6 期。

82. 張延昌、吳礽驤、田雪梅等：《〈武威漢代醫簡〉句讀補正注解（二）》，《甘肅中醫》2004 年第 7 期。

83. 張延昌、吳礽驤、田雪梅等：《〈武威漢代醫簡〉句讀補正注解（三）》，《甘肅中醫》2004 年第 8 期。

84. 張延昌、吳礽驤、田雪梅等：《〈武威漢代醫簡〉句讀補正注解（四）》，《甘肅中醫》2004 年第 9 期。

85. 張延昌、吳礽驤、田雪梅等：《〈武威漢代醫簡〉句讀補正注解（五）》，《甘肅中醫》2004 年第 10 期。

86. 張延昌、楊扶德、田雪梅等：《〈武威漢代醫簡〉藥方注解（一）》，《甘肅中醫》2004 年第 11 期。

87. 張延昌、楊扶德、田雪梅等：《〈武威漢代醫簡〉藥方注解（二）》，《甘肅中醫》2004 年第 12 期。

88. 張延昌、楊扶德、田雪梅等：《〈武威漢代醫簡〉藥方注解（三）》，《甘肅中醫》2005 年第 1 期。

89. 張延昌、楊扶德、田雪梅等：《〈武威漢代醫簡〉藥方注解（四）》，《甘肅中醫》2005 年第 2 期。

90. 張延昌、楊扶德、田雪梅等：《〈武威漢代醫簡〉藥方注解（五）》，《甘肅中醫》2005 年第 3 期。

91. 張延昌、楊扶德、田雪梅等：《〈武威漢代醫簡〉藥方注解（六）》，《甘肅中醫》2005 年第 4 期。

92. 張延昌：《武威漢代醫簡的中醫學成就》，《甘肅中醫》2005 年第 8 期。

93. 孟蓬生：《〈五十二病方〉詞語拾零》，《中國語文》2003 年第 3 期。

94. 劉金華：《〈武威漢代醫簡〉校讀五則》，《南京中醫藥大學學報》（社科版）2003 年第 4 期。

95. 沈晉賢：《巫醫同源研究》，《南京中醫藥大學》（社科版）2003 年第 4 期。

96. 陳近朱：《〈馬王堆漢墓帛書〔肆〕〉「數・量・名」形式發展探析》，《中文自學指導》2003 年第 5 期。

97. 華人德：《兩漢簡牘的書法》，《中國書法》2002 年第 11 期。

98. 何茂活：《〈武威漢代醫簡〉「父且」考辨》，《中醫文獻雜誌》2004 年第 4 期。

99. 何茂活：《從〈武威漢代醫簡〉說「轉注」和「假借」——武威醫簡用字「六書」

分析之二》,《甘肅中醫學院學報》2009 年第 4

100. 何茂活:《武威醫簡語言文字學價值述要》,《河西學院學報》2010 年第 3 期。

101. 何茂活:《「嬰桃」考辨》,《中華醫史雜誌》2010 年第 4 期。

102. 何茂活:《〈中國簡牘集成‧武威醫藥簡〉標注本指疵》,《中醫文獻雜誌》2010 年第 4 期。

103. 何茂活:《武威醫簡用字與今慣用字偏旁歧異類析》,《甘肅中醫學院學報》2010 年第 5 期。

104. 何茂活:《武威醫簡同源詞例解——兼以〈五十二病方〉爲證》,《甘肅中醫學院學報》2012 年第 1 期。

105. 何茂活、謝繼忠:《武威漢代醫簡中的通假字和訛誤字》,《甘肅聯合大學學報》(社科版) 2004 年第 3 期。

106. 張正霞:《〈武威漢代醫簡〉構詞法分析》,《寧夏大學學報》(人文社科版) 2004 年第 1 期。

107. 丁政:《簡牘帛書與書法史研究及當代書法創作》,《貴州大學學報》(藝術版) 2004 年第 3 期。

108. 李家浩:《馬王堆漢墓帛書祝由方中的「由」》,《河北大學學報》(哲社版) 2005 年第 1 期。

109. 王祖龍:《楚簡帛書法藝術概論》,《長江大學學報》(社科版) 2005 年第 4 期。

110. 陳魏俊:《武威漢代醫簡字詞考釋簡述》,《阿壩師範高等專科學校學報》2007 年第 1 期。

111. 陳魏俊:《武威漢代醫簡考釋二則》,《四川文物》2010 年第 3 期。

112. 陳魏俊:《武威漢代醫簡「大黃丹」考釋》,《中醫文獻雜誌》2010 年第 5 期。

113. 楊森、鄭訪江、祁琴:《武威漢代醫簡終古無子治之方注解》,《甘肅中醫》2007 年第 6 期。

114. 李叢:《〈五十二病方〉禁咒內容研究》,《江西中醫學院》2008 年第 2 期。

115. 李書田:《以馬王堆古醫書補〈漢語大字典〉條目之不足》,《吉林中醫藥》2008 年第 3 期。

116. 李書田:《以馬王堆古醫書補〈漢語大字典〉書證之不足》,《中醫文獻雜誌》2008 年第 3 期。

117. 李書田:《以馬王堆古醫書補〈漢語大字典〉義項之不足》,《河南中醫》2008 年第 10 期。

118. 程鵬萬:《說簡牘帛書上的表識符號》,中國書法院主編《書法研究》第 77 頁,榮寶齋出版社 2009 年版。

119. 姚宇亮:《漢簡中所見隸書的風格演變與分期》,中國書法院主編《書法研究》第 101 頁,榮寶齋出版社 2009 年版。

120. 趙彥國:《論「原生態章草」在簡牘中的書法嬗變》,中國書法院主編《簡帛書法研究》,榮寶齋出版社 2009 年版。

121. 肖文飛：《流沙墜簡對 20 世紀初書法的影響》，中國書法院主編《書法研究》，榮寶齋出版社 2009 年版。

122. 葉康寧：《考古發現與當代書學》，《新疆藝術學院學報》2009 年第 2 期。

123. 段禎：《芻談〈武威漢代醫簡〉中的量詞用法》，《甘肅中醫學院學報》2009 年第 4 期。

124. 段禎：《〈武威漢代醫簡〉「和」「合和」正義——並就有關句讀與張延昌先生商榷》，《甘肅中醫學院學報》2010 年第 1 期。

125. 段禎：《〈武威漢代醫簡〉「大黃丹」考證》，《中醫研究》2010 年第 11 期。

126. 段禎、王亞麗：《〈武威漢代醫簡〉「芎藭」臆說》，《中國中醫基礎醫學雜誌》2013 年第 91 期。

127. 王盼、程磐基：《〈武威漢代醫簡〉「瘀」「泔瘀」「五瘀」探討》，《中醫文獻雜誌》2009 年第 5 期。

128. 張雷：《馬王堆帛書〈五十二病方〉釋讀再探 3 例》，《安徽中醫學院學報》2009 年第 5 期。

129. 張雷：《馬王堆帛書〈五十二病方〉出土 37 年來國內外研究狀況》，《中醫文獻雜誌》2010 年第 6 期。

130. 恒盧：《「淵源與流變——帛書書法研究展」暨「帛書書法研究論壇」在湖南省博物館隆重舉行》，《東方藝術》2009 年第 12 期。

131. 李貴生：《從武威漢代醫簡看〈説文解字〉的編纂動因及其價值》，《甘肅中醫學院學報》2010 年第 6 期。

132. 袁仁智：《武威漢代醫簡校注拾遺》，《中醫研究》2010 年第 11 期。

133. 袁仁智、肖衛瓊：《武威漢代醫簡 87 校注拾遺》，《中醫文獻雜誌》2012 年第 6 期。

134. 陶安、陳劍：《〈奏讞書〉校讀札記》，《出土文獻與古文字研究》第四輯，上海古籍出版社 2011 年版。

135. 陳劍：《馬王堆帛書〈五十二病方〉〈養生方〉釋文校讀札記》，《出土文獻與古文字研究》第五輯，上海古籍出版社 2013 年版。

136. 陳松長：《湖南出土簡帛的書法價值初探》，《湖南大學學報》（社科版）2011 年第 2 期。

137. 彭達池：《武威漢代醫簡札記三則》，《中醫文獻雜誌》2012 年第 1 期。

138. 侯東菊：《略論簡牘在書法藝術發展中的影響》，《書法賞評》2012 年第 1 期。

139. 〔日〕廣瀨薰雄：《〈五十二病方〉的重新整理與研究》，《文史》第九九輯，中華書局 2012 年版。

140. 周祖亮：《試論帛書〈五十二病方〉的方藥淵源與傳承》，《時珍國醫國藥》2013 年第 1 期。

141. 楊耀文：《武威漢代醫簡出土四十年研究綜述》，《絲綢之路》2013 年第 2 期。

142. 沃興華：《湖湘簡牘書法研究》，《詩書畫》2013 年第 4 期。

143. 李潯：《馬王堆書法藝術探索》，《書法賞評》2013 年第 5 期。

144. 陳劍：《馬王堆帛書〈五十二病方〉〈養生方〉釋文校讀札記》，《出土文獻與古文字研究》第五輯，上海古籍出版社 2013 年版。

145. 吳曉懿：《楚國簡帛書法的材質與款式研究》，《藝術史與藝術考古》2014 年第 2 期。

146. 范常喜：《〈五十二病方〉「身有癰者」祝由語補疏》，《湖南省博物館館刊》（第十一輯），嶽麓書社 2015 年版。

147. 趙凱昕、盧甫聖：《歷史的還是美的？──論簡牘帛書以何種身份進入書法領域》，《藝術探索》2015 年第 5 期。

148. 楊然、王曉光：《漢代的「書佐」與簡牘書寫》，《書法》2015 年第 6 期。

（三）學位論文類

1. 文功烈：《漢簡牘書法研究》，首都師範大學碩士論文，2001 年。

2. 王建民：《〈馬王堆漢墓帛書〔肆〕〉俗字研究》，西南師範大學碩士學位論文，2002 年。

3. 張正霞：《〈五十二病方〉構詞法研究》，西南師範大學碩士學位論文，2003 年。

4. 張俊之：《秦漢簡帛方劑文獻數量詞研究》，四川師範大學碩士學位論文，2004 年。

5. 吳雲燕：《馬王堆漢墓帛書通用字研究》，華東師範大學碩士論文，2006 年。

6. 何麗敏：《馬王堆史書、醫書通假字研究》，西南師範大學碩士學位論文，2007 年。

7. 劉慶宇：《簡帛疾病名研究》，上海中醫藥大學博士學位論文，2007 年。

8. 黃偉鋒：《長沙東牌樓漢簡書法淺論》，西南大學碩士論文，2009 年。

9. 沈利：《漢代簡牘書法形態研究》，南京航空航天大學碩士論文，2010 年。

10. 張本瑞：《出土簡帛外治法文獻釋讀與研究》，上海中醫藥大學碩士學位論文，2011 年。

11. 李丹：《甘肅漢簡書法風格研究》，西北師範大學碩士論文，2012 年。

後 記

　　二○○五年我高中畢業後考入西南民族大學文學院，從此開始學習漢語言文學。在本科學習期間，受到了許多優秀教師的學術啓蒙與薰陶，漸漸地指明了我的學術道路，堅定了我從事漢語言文字學教學與研究的信念。二○○九年我本科畢業後順利地考上了西南民族大學漢語言文字學碩士點的研究生，師從鍾如雄教授學習漢語史和「說文學」。鍾先生是當代著名語言學家王力先生、著名說文學家宋永培先生的學生，亦是「章黃學派」的殿軍人物陸宗達、王寧先生的再傳弟子。鍾先生爲人謙和，博覽群書，古今融貫，學有專攻，尤其擅長文字學、說文學和古代詩學的教學與研究，因此在傳統語言文字學和古代詩學的研究領域建樹頗豐，先後在四川大學出版社、四川人民出版社、中國社會科學出版社、高等教育出版社、商務印書館等多家出版社出版學術著作、古代漢語教材、中文工具書 10 餘部。其師北京大學中文系何九盈教授曾這樣評價他：「這是個有頭腦、有個性、有章法的人，是個紮紮實實、苦心經營的人。」我在讀研期間，榮幸地得到了他的精心培養與引領，從此開啓了我的學術人生。

　　二○一二年我研究生畢業後再次順利地考上西南大學漢語言文獻研究所的文字學博士生，師從張顯成教授學習簡帛語言文字之學。張先生是著名音韻學、訓詁學家四川大學文新學院趙振鐸教授的得意門生，在攻讀碩士期間，他就開始致力於簡帛醫書文獻的研究，現業已成爲當代中國簡帛文獻研究領

域德高望重的著名學者和領軍人物。二〇一二年秋我剛入師門，適逢導師所申報的國家社會科學基金重大招標項目「簡帛醫書綜合研究」正式批准立項，榮幸地參與了該重大招標項目子課題的研究。從此，命運為我開啓了通向簡帛醫書文獻研究的大門。二〇一六年初夏我博士生畢業，休整一年後應聘到西華大學文新學院教書，兩年後調入西南民族大學彝學學院任教，依然從事漢語言文字學與簡帛醫書文獻的教學與研究。

　　本書是在我的博士論文的基礎上修改而成的，是「簡帛醫書綜合研究」的研究成果之一。博士論文的選題與寫作都得到了張顯成先生的精心指導，裡面充滿著導師的智慧；論文在評審與答辯階段，得到了評審專家首都師範大學馮蒸教授、華中師範大學曹海東教授、華東師範大學白於藍教授，答辯專家組成員清華大學李守奎教授、西南大學鄒芙都教授、西南大學喻遂生教授、西南大學毛遠明教授、西南大學胡長春教授等的客觀評議，並給與了充分肯定與鼓勵，在此一併致謝。

　　本書能在短時間內順利出版，首先得感謝我的兩位導師——張顯成、鍾如雄先生。是張先生向臺灣花木蘭文化事業有限公司推薦出版我的書稿的。其愛生如子，扶持後學的精神令人敬佩；接到出版通知後，鍾先生花了半年多時間反覆為我審閱、編輯、完善全稿，這種甘為人梯的品格更令我敬重。其次感謝花木蘭文化事業有限公司，感謝貴公司為弘揚中華民族的傳統文化做出的傑出貢獻。

胡　娟

2019 年 12 月 10 日記於蓉城